不器用社長の一途すぎる保護生活
～こちら、猫ではありません～

Riku Asaka
朝香りく

CHARADE BUNKO

Illustration

高城たくみ

CONTENTS

「おい、なに保健所に通報してんだよ。俺が引き取るって言ってんだろ！」

「そういう人が前にもいたけどね。餌《えさ》だけあげて、放し飼いにして、本当に困るのよ。うちの庭をトイレ代わりにして」

「誰だか知らねえけど、俺はそいつじゃねえ！　ちゃんと保護する！」

「どうだかねえ。あんたもちゃらちゃらして、髪染めて、ピアスなんかして」

「見た目なんて関係ねえだろうが！　いいから、電話切れ！」

「ああ怖い。なによ、被害者はこっちなのに。今度見つけたら、問答無用で、保健所に引き渡しますからね！」

早朝の、住宅街の一角。

大きな一軒家のガレージの前で、霧也《きりや》は腕の中の小さな命を、しっかりと抱き締めて歩き出した。

――あったけえ。ううう、こいつ、めっちゃ可愛《かわい》い！

「みぁーん……」

「おう、心配するな！　もう大丈夫だぞ。これから安全なとこ行って、ミルク飲もうな」

言って指先で、毛がぽやぽやしている頭を撫《な》でる。

それは生後二か月くらいの、おとなしい三毛猫だった。

昨日、あの付近で生まれたらしき野良猫の子供がうろうろしている、と職場に匿名で連絡があった。

そのため、時間を見つけては探していたのだが、先に近隣住民が子猫を捕獲し、まるでゴミでも扱《あつか》うようにビニール袋に入れていたところを、慌《あわ》てて止めたのだ。

世の中はペットブームというが、必ずしも動物が好きな人間ばかりではない。

特に猫は、庭や車で粗相をするため、目の仇《かたき》にされることも少なくなかった。

猫好きでもなんでもない住人が、丹精込めた花壇や新車を汚されたら、腹を立てるのもわからなくはない。

けれど、腕の中で無邪気な瞳でこちらを見上げる子猫を見ていると、保健所になど送られなくて、本当によかったと安堵《あんど》する。

「お前は産み落とされて、必死に生きてきただけだもんな。心配すんな、大事にしてくれる誰かが、きっといる」

「みああ、みゃうあー」

ああー、と霧也は頬を緩ませる。

「くっそ、お前、卑怯《ひきょう》なくらい声も可愛いな。よし、ちょっと窮屈だけど、しばらくおとなしくしてろよ」

言いながら、停めてあった自転車のところまで行くと、パーカーのジッパーを開いて子猫を入れる。

その上に羽織っていたブルゾンのボタンを留めると、子猫はしっかりと胸元に収まった。狭くて温かいところが気に入ったのか、子猫は暴れもせず、気持ちよさそうにしている。

「おし、行くぞ！」

霧也は冷たい風の吹く中、自転車をこぎ、職場へと向かう。

そうして到着したのは、繁華街のはずれにある、保護猫カフェだった。


「おはよっす！」

裏口から入り、着替えなどをする控室に行くと、オーナーの磯村《いそむら》がカッターを片手に、届いたばかりのフードの入った、段ボールの蓋《ふた》を開いていた。

「おう、おはよう。昨日連絡の入った子、どうだった？」

磯村は四十代の男性で、髪を後ろで一つに束ね、顎髭《あごひげ》を生やしている。

その髪型と、ちょっと二枚目で渋い顔立ちのため、お客には猫侍《ねこざむらい》と渾名《あだな》を付けられていた。

本人も、その渾名を気に入っている。

「無事に捕まえました、こいつです。見て下さいよ、美形だから」

霧也は懐から、毛の塊《かたまり》のような子猫を出す。

「んみぁー！」

「あらあら可愛いねえ！　おめめは綺麗《きれい》だけど、お耳はどうかな。ああ、ちょっとダニがついてましゅねえ」

磯村は侍顔で、赤ちゃん言葉を使って子猫に話しかけた。いつものことなのだが、つい霧也は笑ってしまう。

「磯村さん、そのしゃべり、なんとかならないんすか」

「なんだよ、いいだろ。猫だってな、こういう話し方のほうが、こっちに敵意がないってわかるんだよ」

「いーや絶対、なんだこの人間、って気持ち悪がってますよ」

「雇い主に向かって失礼だな、お前」

磯村は言うが、顔は笑っている。

「しかしこの三毛、可愛い顔だから、すぐに貰い手が見つかりそうだな」

「ですね。店がヒマな時間帯に、俺が検査、連れて行きましょうか」

検査というのは、動物病院での健康診断のことだ。

伝染病を持っていないか確認し、寄生虫やノミやダニの駆除をし、トイレの躾《しつけ》をしてから、猫カフェ住民の仲間入りとなる。

それまではケージに入れ、控室で面倒をみることになっていた。

「いや、俺が連れてくから店のほう、頼むわ」

「了解っす。なんか病気とか、持ってないといいですけどね」

霧也は急いで上着を脱ぎ、店内用のエプロンをつけ、手を消毒して店舗のほうへと向かった。


カフェの店内は、白い壁に赤や黄色で、蝶やチューリップの花が描かれ、可愛らしい内装になっている。

あちこちに配置された、ソファや椅子はいずれも若草色で、猫たちがくつろげるよう、キャットタワーも置かれていた。

広さは三十平米ほどで、出入り口付近に受付やレジ、横には飲み物を出すカウンターが取り付けてある。

カウンターのさらに奥は控室に通じていて、そこから霧也はワゴンに乗せて、フードと水を運んだ。

「ほい、朝飯だぞー！　こら、ポン吉、それはクロエのご飯だ。ちび組はちょっと待てって」

なーお、なーお、みゃーお、うぁあーお。

現在カフェにいる六匹の猫たちが、我先にとフードを入れた皿に集まってくる。

「ちょっ、おい、上るなって」

ジーンズに爪を立て、背後からよじ登ってくる一匹がいた。霧也は苦笑して、猫を抱えて床に下ろす。

その間に別の一匹が上ってきたのだが、あまりにしっかりジーンズに爪を引っかけていたので、引きはがすのに苦労した。

「お前らなあ、がっつくと、結局は飯《めし》が遅くなるんだぞ」

ワゴンから皿を下に置いてやると、即座に丸い頭が、いっせいに突撃した。

子猫が二匹に、成猫が四匹。けれどもう一匹、フードの支度が必要な猫がいた。

次に霧也はカフェの一番隅っこの、ペット用ベッドにどてっと寝ている猫の前へ、特別なフードを持っていく。

「ボテ。飯の前に、薬な」

ボテは十歳を超えた大きな猫で、雑種なのだが、長毛種の血も混ざっているらしい。

鼻がぺちゃんこで目つきが悪く、白地にあちこち茶色のブチが混ざっている。

実際にはさほど太っていないのだが、だらしのないボテッとした寝姿が、その名の由来だ。

霧也はその、いわゆるブサ可愛いところを好んでいたが、老猫であり、病気持ちとあって、貰い手はなかなか見つからなかった。

「はい、あーん、しろ」

おとなしいボテを背後から抱きかかえるようにして、軽く下顎に指をかけて口を開き、ポトッと喉に薬を落とす。

ペロリとボテが、自分の鼻を舌で舐《な》めれば、きちんと飲みこんだという証拠だ。

「よっし、よくできた。偉いぞ、ボテ」

ボテの小さな額を撫でてから差し出した器には、病気に対応するためのフードが入っている。

ボテはのっそりと器の上に覆いかぶさるようにして、もそもそとフードを食べ始めた。

カフェの中には、猫たちが小さな腹を満たす、カリカリ、ポリポリという音が響く。

猫たちのお腹を満たしていくこの音が、霧也は好きだ。

――みんな、腹いっぱい食え。

霧也は椅子の一つに腰かけて、夢中で食事をしている猫たちを、笑みを浮かべて見つめていた。

ここは、普通の猫カフェではない。

行き場を失った猫たちが、次の飼い主が決まるまで、保護する場所になっている。

どの猫も、捨てられたり、野良として生まれたり、中には飼い主に虐待をされていた猫もいる。

霧也はそんな猫たちと、自分を重ね合わせているところがあった。

スタッフはオーナーの他に、霧也を含めて三人いて、ローテーションを組んで接客をしている。

そんなカフェに、妙に気になる男がやってきたのは、その日の昼のことだった。

「こんにちは。ええと。入っていいかな」

「あ。はい。いらっしゃいませ」

入り口で散々うろうろし、ガラス戸越しに中をのぞいて、ようやく入ってきたその客は、すらりと背の高い、いかにも高級そうなスーツを着た色男だった。

霧也は念のため、男に尋ねる。

「猫カフェは初めてですか？　もし猫が服を引っかいたりしても、店で補償はしませんけど」

「あ。ああ、もちろん、構わないよ」

見た目だけでなく、声もいい。

けれど男は、そうした容姿にもかかわらず、どこか焦《あせ》っているような、落ち着かない様子だった。

ん？　と霧也は引っかかるものを感じる。

――なんかおかしいな、この客。本当に猫が好きなのか？

霧也は二十歳になったばかりだが、十八歳からこの店でバイトをしていた。

いつも来るような猫好きの客たちと、男の様子はなんとなく違って見える。

万が一、猫に悪戯《いたずら》でもしたらぶん殴ってやる。そう考えながら霧也は注意深く、男の手を消毒し、店内での注意事項を説明した。

男は素直に話を聞くと、アイスコーヒーを注文し、手前の椅子に座る。

――やっぱりなんか、違和感あるよなあ。だってこいつ、ほとんど猫を見てねえし。

霧也はカウンターの後ろの椅子に座ったが、男はこちらをちらちら見はするものの、猫に触れようともしない。

大きな窓から明るい日差しが入る店内で、長い足を組み、ビシッとスーツを着こなした彫りの深い男前。

それが猫じゃらしを手に、ぼんやりしているところは、なんだかひどくシュールな光景に思えた。

猫たちもそんな男を警戒してか、まったく近寄ろうとはしない。

時間だけが流れていく中、ふいに男が声をかけてきた。

「ええと。きみ」

は？　と霧也は立ち上がり、男のもとへ行く。

「アイスコーヒーのお代わりを頼む」

「いいっすけど。料金、時間制ですよ。一時間経ったら、延長料金が発生しますけど」

「構わない。ところで、その。遠野《とおの》霧也くん。っていうんだね、きみは」

エプロンの胸元につけた名札を見て言われ、ああん？　と霧也は唇をねじまげた。

──だったらなんだってんだ、コラ。猫の名前を聞けよ。

霧也は喧嘩《けんか》っぱやいし、短気だし、働き始める前までは、かなりやんちゃだった。思ったことが顔に出やすいため、接客はあまり得意ではない。

おそらく今も、眉を寄せて仏頂面《ぶっちょうづら》になっているに違いなかった。

けれど男は端整な顔に、にこやかな笑みを浮かべて言う。

「私は、志賀峰夏彦《しがみねなつひこ》だ。覚えてくれたら嬉しい」

「……はあ？」

「い、いや、つまりこれから、この店にちょこちょこ来ようと思っていてね。つまりその、可愛らしい猫が多いし」

──常連になってくれるってのかよ。だったらまあ、ありがたいけど。

霧也の眉間の皺《しわ》が、少しだけ浅くなる。

「家か会社、近いんすか」

「まあ、そうだ」

なるほど、と霧也は、あまり興味もなくうなずく。それから会話が途切れたので、カウンターへと戻り、お代わりのアイスコーヒーを作り始めた。

──でもあいつ、やっぱり猫のこと見てねえし。不自然というか、浮いてるというか。

不審に思った霧也だったが、夏彦と名乗った男は、別に悪いことをしているわけではない。

少しでも店にお金を落としてくれたら、それは猫のフードやトイレ砂になる。

そうして結局夏彦は、アイスコーヒーを三杯飲んで帰っていった。

そして、次の日も同じようにやってきた。

さらに次の日も、その次の日も。

夏彦は高級スーツに身を固め、髪型に一分《いちぶ》の隙もなく、颯爽とやってくる。

そしてカウンター近くの椅子に座り、猫じゃらしを不器用そうに振り、ひたすらアイスコーヒーを飲んでいた。

——相変わらず違和感はありまくりだけど、まあ、あんな高そうな服に猫の毛がついても、文句言うわけでもねえし。もしかしたら猫は好きでも、どう接していいのかわからない、とか。

霧也は夏彦を、そんなふうに思うようになっていた。そして、猫を引き取ってくれるかもしれない常連客は、店にとっても猫にとっても、大事な存在だった。


「お客さん。自分から猫に近寄れないなら、おやつをあげるって手もありますよ」

夏彦が店に通ってくるようになって、半月ほどが経過したある日。

オーダーされたアイスコーヒーを運んだついでに霧也が言うと、夏彦はパッと表情を明るくした。

「そ、そうか。なるほど」

「やってみますか」

尋ねると、夏彦は嬉しそうにうなずいた。

――おっ。この反応ってことは、やっぱ悪いやつじゃねえんだろうな。

どうやら不器用なだけで、本当は猫と触れ合いたかったらしい。

霧也はそう考え、少しだけ警戒心を解いた。

「じゃあこれ。三百円です」

用意してあるおやつを渡すと、即座に気配と匂いを察知し、猫たちが夏彦のもとへやってくる。

「おああーん」

「んにゃーああ」

「おお、よく食べるな。美味しいか。……なあ、霧也くん。こういうのは、猫の身体に悪くないのか」

「はい。あんまりナトリウムが多いのは駄目ですけど、それは大丈夫なやつです。お客さん、猫を飼ったことないんですか」

「ああ、親がペットに興味がなかったこともあって、そういう機会はなかったんだ」

「なるほど。で、これから飼ってみようかな、って感じですよね？」

「……そ、そうだな。つまりその、考えているところだ」

ということは、このお客は、猫の大事な保護者候補だ。

霧也は普段、あまり愛想がよくなくて、お客には猫にだけ構って欲しい、と思っている。

しかしここは猫のために頑張らねばと、積極的に動くことにした。

「じゃあ、抱っこしてみませんか。こいつとか、おとなしいですよ」

近くにいた黒猫を抱き上げて近づけると、夏彦はおずおずと手を伸ばす。

「こ、このまま抱えていいのかい。うわ。思っていたより柔らかいな。まるで骨がないみたいだ」

「あ、そこは嫌がるんで、この位置で。どうです、可愛いでしょう？」

大サービスで、ぎこちなく笑ってみせると、夏彦は不器用そうに猫を抱えたまま、微笑み返した。

「ああ。すごく可愛いな、霧也くん」

「懐くと、もっと可愛くなりますよ」

「そ、そうか。うん、確かに可愛い。本当に、ものすごく可愛い」

なぜか夏彦は顔を赤くし、膝の上の猫よりも、こちらをじっと見つめてくる。

「ということは霧也くんも、自宅で猫を飼っているのか？　一緒に眠ったり、猫とたわむれたり」

――なんでこいつの目、急にキラキラし始めたんだ？

なんとなく奇妙だとは思ったが、別に隠すことではないので、正直に霧也は答える。

「いやうちは、ペット禁止のアパートなんで」

「猫好きだろうに、飼えないのは寂しいな。どの辺りに住んでるんだい？」

「池上《いけがみ》線の、ここから二駅先です」

「だったら、うちとそんなに離れていない。雪《ゆき》が谷《や》大塚《おおつか》から、車で十分くらいのところに住んでるんだ」

「あっ、そうなんですか」

その距離ならば、田園《でんえん》調布《ちょうふ》付近かもしれない。

この沿線は、下町と高級住宅街が意外に近く、少しの距離で雰囲気も地価も、ガラッと変わる。

——よし！　絶対にうちの猫を引き取ってもらう。そんで、贅沢なフードを食べさせて、ぬくぬくペット用のベッドで寝させて、まるまるふっくらした、幸せ猫にしてやるからな。

霧也は心に決め、普段より何倍も、愛想よく夏彦に接することにした。

「お客さんは、お仕事とか、なにされてるんですか」

「一応、会社を任されている」

「へえぇ。すごいっすね！　あっ、そうか。だから昼もゆっくりして、うちに来れるんだ」

「まあそうだ。きみは、毎日出勤してるのか？」

「いや。……水曜日が定休日なんで、月火木金の午後四時までです。土日と夜は別のバイトしてるんで」

保護猫カフェの給料だけだと、生活は厳しい。それに、猫たちにいろいろ買ってやりたいものもあり、霧也はぎりぎりの生活をしていた。

「大変だな。他のアルバイトはなにを？」

「居酒屋です。夜遅いんで、月曜の朝はちょっと辛《つら》いですけど」

「家からここまでは電車で？」

「俺は自転車です。お客さんは車で来てるんですか」

「ああ。少し先のパーキングに待たせている」

――運転手付きかよ。きっと高級車なんだろうな。待ってろよ、お前ら。せめて一匹だけでも引き取らせて、ピカピカの革張りシートに乗せてやるからな！

霧也の頭の中には、高級外車の後部座席に乗ってくつろぐ、保護猫の姿が浮かんでいた。

「霧也くんは、実家も都内なのか？」

「あっ、俺？　ああ、いや、なんていうか」

なんでこの男は、猫より自分のことを聞きたがるのだろう。

霧也は思ったが、まあいいやと答えることにする。

「俺、施設で育ったんで。実家ってわけじゃないけど、一応、都内で育ちました」

「……それは。悪かったな、立ち入ったことを聞いてしまって」

「いや別にいいっすけど。だって悪いことじゃないでしょ。こいつらと一緒なんで」

夏彦のテーブル横に立っている霧也は、あちこちに丸まっている猫を、一匹ずつ見ながら言う。

「捨てられたり、寂しい思いをして、人間不信になったりもして。それでも、必死に生きてきた。だから、ここでいい人に出会って欲しいんです」

「……そうか。そうだったのか」

感動したように目を潤ませて夏彦は言い、何度も大きくうなずいた。

おっ、と霧也は夏彦の反応に、手応えを感じる。

──保護猫たちの境遇に、やっと気が付いてくれたのか？　だったら、もう一押しかもしれねえ！

そうなんです！　と熱を込めて霧也は言った。

「いくら店で保護していても、飼い主ほどには、一匹ずつに愛情を注《そそ》いでやれない。家族の一員として大切にしてくれる、いい人のもとに行って欲しいんです」

うん、うん、と夏彦はしんみりした顔で、霧也の言葉を胸に刻みつけるように聞いている。

よし、今だ！　と思い切って、霧也は言った。

「お客さん！　今日にでも、どの猫を飼うか決めませんか？」

えっ、と夏彦は顔を上げるが、なぜか焦ったような表情をしている。

「そ、そうだな。しかしまだ、猫を受け入れる準備ができていないんだ。もう少し、ゆっくり考えてみるよ」

「わかりました。でも、できたらいずれそのつもりで、考えてみて下さい」

——まあ、慌てなくてもいいか。無理に譲渡して、猫が安住できないほうが困るしな。

そして実際、慌てる必要はまったくなかった。

相変わらず翌日からも、夏彦は足しげく保護猫カフェに通ってきたからだ。

ただしそれは不思議と、霧也がローテーションで、店に入っている日だけだった。


夏彦が初めて店にやってきてから、二か月が経過した。

相変わらず夏彦は、猫よりも霧也と接しているときのほうが、なぜか楽しそうで積極的だった。

最近では長い時間、会話を交わすことも多い。というのも夏彦は、猫についての知識は豊富だったからだ。

どうやら書籍などで、相当に猫についての勉強をしたらしい。

ところが実際に触れ合ったのは、このカフェを訪れるようになってからららしく、撫でる手つきもいまだにどこか不自然だ。

猫たちもそれは察しているようで、触れられていても、あまりリラックスしている雰囲気ではなかった。

最初はいろんな客がいるからな、と思っていた霧也だったが、さすがに二か月だ。お気に入りの猫が決まった様子もなく、猫同士が可愛らしくじゃれ合っても、喧嘩を始めても、ほとんど興味を示さない。

日によっては、ほとんど猫に目を向けない夏彦を、さすがに霧也は怪しみ始めていた。

「えーっと。お客さん。ちょっといいっすか。少し話したいことがあるんですが」

この日は天候が荒れているせいか、お客は夏彦しかいない。

窓に打ち付けられる雨粒を見つめながら、今日こそ夏彦の目的をはっきりさせよう、と霧也は考えていた。

思い切って、小さなテーブルを挟んで夏彦の前に座り、話を切り出そうとしたのだが。

「その前に、ちょっと待ってくれ」

妙に真剣な顔で、ひたとこちらを見つめて夏彦は言う。

「はい？」

「できたらお客さんじゃなく、夏彦さん、と呼んでくれないだろうか」

「……はあ。まあ、いいっすけど」

なんだかなあ、と思いつつ、渋々と霧也は名前を口に出した。

「じゃあ、夏彦さん」

「うん。もう一回呼んでくれ」

「夏彦さん？」

「もう一回、頼む」

「夏彦さん！　話を始めますけど！」

「ああ、どうぞ話してくれ」

にこやかに言われて、霧也は溜め息をつきつつ話し出す。

「えっとですね。猫、好きなんですよね？　違ったら申し訳ないですけど、なんか、あんまり興味ないみたいなんで、気になって」

「おお。そうか、気にしてくれていたのか！」

「あっ、はい。気に入った猫がいたら、飼ってもらうことは可能かな、って思ってて」

「そうか。うん、考えていたよ、もちろん」

思いがけない返事に、えっ、と霧也は目を見開いた。

「まじっすか！　やった！　えっ、えっ、貰ってくれるって決めてたんですか？」

「う、うん。実はそうなんだ」

よっしゃー！　と霧也は、すっくと立ち上がり、ガッツポーズを決める。

そして、店内に点々と丸くなったり、箱座りしている猫たちを指差して言う。

「その三毛も可愛いし、おすすめは白いのですけど、初めて飼うなら奥の黒猫がおとなしいっすよ」

一応は敬語だが、嬉しさのあまり、ついはしゃいだ声になってしまう。

夏彦は、喜ぶ霧也をなぜか眩《まぶ》しいものでも見るような、嬉しそうな顔で見つめていたのだが。

「でっ、どの猫ですか？」

笑顔で問うと、うっ、と夏彦は一瞬、焦ったような顔をした。

次いで考え込むように、天井を仰《あお》ぎ、目をつむる。

そして、カッと目を見開いた、次の瞬間。

「きみだ！」

ビシッ、と指を突きつけられて、霧也はポカンと常連客の顔を見る。

「………は？」

「きみを保護したいんだ、霧也くん！」

「ええと、本気で言ってんの？」

霧也は痒《かゆ》くもないのに頭をガリガリとかき、首を傾げる。

「もちろん、本気だ」

「俺を保護したい？」

「ああ、そうだ」

「猫じゃなくて？」

「霧也くんを、保護したい」

「ふざけんな！」

霧也はガッと夏彦の、パリッとしたシャツの襟《えり》をつかむ。

「どういうつもりだよ。うちは保護猫カフェだ。猫を保護して欲しいんだ。俺なんかどうだっていいんだよ！」

「よくない！　いいわけないだろう！」

ずい、と立ち上がった夏彦は、わかってはいたが霧也よりずっと長身で、体格もいい。

霧也は思わず、襟をつかんでいた手を離す。反対に夏彦の両腕が、がしっと霧也の両肩をつかんだ。

「ああ？　やんのか、コラ！」

凄んで見せるが、夏彦はまったく臆せず、首を左右に振った。

「違う。いいか、きみは痩《や》せすぎだ。肩だってこんなに尖《とが》ってる。顔色もよくない。保護する人間が必要だと言っているんだ！」

「あっ、あんたに関係ねえだろうが。俺が痩せてようが太ってようが」

至近距離で見下ろしてくる夏彦の目力の強さと迫力に、気圧されそうだと霧也は慌てた。

「いったいなに考えてんだ。俺を保護って、意味わかんねえ」

「そのままの意味だ。俺の家に住んで欲しい。部屋を用意する。他に必要なものがあれば、なんでもだ」

はああ？　とますます霧也の眉間の溝は深くなる。

「どうしてだよ。そんなことして、いったいあんたになんの得があるんだ？」

「……つまりその。部屋が広すぎるんだ。簡単に言ってしまうと、静かすぎて寂しくてね」

「俺が聞きたいのは、そういうことじゃねえよ」

霧也はもがくようにして、肩から夏彦の手を振り払った。

「なんだって保護猫カフェで、そんなことを言い出すんだ、って話だ。肝心なことだから、誤魔化さないで答えろよ。あんたは、猫が好きなのか？　嫌いなのか？」

「それは、好きだ。もちろん」

その答えを聞いて、ふう、と霧也は複雑な思いで溜め息をつく。

——変なやつだとは思ってたけど、ここまでだったとはなあ。……でも。

「あんたの家、猫は飼えるんだよな」

「あ？　ああ」

「そうか、だったら」

店の隅の、ペット用ベッドに眠っているボテの前まで行って、霧也は丸い背中を指差した。

「こいつと一緒なら、保護されてやってもいいぜ」

うん？　と夏彦は眉を寄せ、ボテを見る。

「そのボテっとした、大きな猫かい？」

「ああ。そのまんま、ボテって名前だ。十歳を過ぎて、腎臓が悪い。薬にも治療にも金がかかる」

霧也はボテを優しく抱き上げ、夏彦の前に連れて行った。

「ボテを保護してくれるなら、俺もされてやってもいい」

挑戦するように言ったのだが、夏彦はパッと笑みを浮かべた。

「そうか！　よし、お安い御用だ。もちろん、ボテくんも大歓迎するよ。ぜひ一緒に来てくれ」

「えっ？　い、いいのかよ」

あっさり言われて、霧也は拍子抜けしてしまう。

「えっと、いや、こいつまじで本当に金かかるけど。週に一度は医者で点滴しなきゃならねえし。薬も何種類か必要だし、フードも普通のものより高い」

「任せてくれ。ボテくんの部屋も用意しよう」

霧也は呆然として、端整な男の顔を見上げた。

――本当かよ……。こんなうまい話ってあるか？　なあ、ボテ。お前、玉《たま》の輿《こし》に乗れたのかもしれねえぞ。

しかし自信満々の夏彦が、霧也はまだ胡散臭《うさんくさ》く思えていた。

霧也が夏彦の申し出を、受け入れると返事したのは、そのわずか四日後のことだった。

せめて自宅を見るだけでも見て、それから決めてくれて構わない、と言われたので、居酒屋のバイトがなかった昨日、夏彦の自宅を見学しに行ったのだが。

――おいおい、なんだこれ。あれか。豪邸……いや、豪華マンションだから、豪マンか？

霧也はほとんど、愕然《がくぜん》としてしまった。なにしろ想像を超える広さと、壮麗さを備えた部屋だったからだ。

低層マンションの三階で、玄関だけでも霧也のアパートの部屋くらいの広さがあった。思わず、たったかと歩き回って、あちこちのドアを開け、窓の外を眺め、しまいには壁や床材まで気になって触ってしまった。

「わっ、すげえ！　窓でかいし、低層なのにみどりが多くて景色いいな！　うお、冷蔵庫、でかっ！　……しかし広いな。どうやったらこんな、部屋をピカピカに保ってられんだよ」

家中を、ネズミのようにちょろちょろする霧也を、夏彦はなぜか慈愛に満ちた目で見つめていた。

――まじでこんな部屋に、無料で住めるなら俺もありがたいけど。ここにボテが住めるとなったら、夏の暑さも冬の寒さも心配いらねえんだ！　金の心配をしないで、充分な治療をしてやれる。

こんな幸運なことがあっていいのだろうか、と霧也は思ってしまった。

夏彦には、まだ謎な部分が多い。けれど霧也が金持ちに抱いている、高飛車だったり、威張っていたりという、悪いイメージはまったくない。

それどころかいつも上機嫌で、親切だ。

——なんでか知らねえけど、俺はあの人に気に入られた、ってことでいいのかな？　だとしたら、滅茶苦茶《めちゃくちゃ》ラッキーだ。

確かに夏彦が寂しいというのもわかるくらい、だだっ広い部屋ではあった。

夏彦の孤独が解消され、自分は無料で高級マンションに住み、ボテは安心して療養できる。

ふたりと一匹にとってウインウインの関係ならば、言うことはない。

だからリビングに通された霧也は、珈琲《コーヒー》を淹《い》れてきた夏彦に、こう告げた。

「よし、決めた！　俺、ボテと一緒に、あんたに保護される。引っ越しは、いつがいい？」

「早ければ、早いほどだ！　ありがとう、霧也くん！　俺は嬉しい！」

夏彦は珈琲ごとトレイを放り出す勢いで大喜びし、そこまで嬉しがらなくてもいいだろう、と零れて湯気を立てている床を見つめながら、霧也は少々呆れてしまった。

◆◆◆

夏彦がその光景を目にしたのは、まったく偶然のことだった。

その日の朝、いつも通勤に使う道が事故で通れなくなっており、運転手は車を裏道の住宅街へと走らせていたのだ。

狭い道である上に、なにやら路上で話し込んでいる住民がいる。

運転手はゆっくりと徐行運転し、夏彦はなにげなく窓からその様子を見た。

――なにをしているんだ？

わずかな時間、夏彦の視界に入ったのは、態度の悪い青年の、精いっぱい凄みをきかせた表情。

そして誰にも渡すまいとするように、その腕にしっかり抱かれた子猫。

「うっ……！」

その瞬間、夏彦はいきなり熱湯の暴風雨に巻き込まれたような、錯覚に陥《おちい》った。

なにがどうしてそうなったのか、自分でもわけがわからない。

――なんだ？　いったいなんなんだこの、腹の底から込み上げてくる、燃えさかる炎は！

「停めてくれ！」

夏彦は運転手に叫び、どこかその辺の、パーキングで待っているように、と指示した。

そして自分は通り過ぎた先ほどの、青年のもとへと向かって歩く。

――こんな感覚を、私は知らない。胸がずっと、ドキドキしている。ただ知らない青年を、ちらっと見ただけだというのに。……いた！

夏彦が戻ったとき、青年と話していた女性の姿はなかった。

少し離れた位置にある、自動販売機で飲み物を買うふりをして様子をうかがっていると、青年がこちらに歩いてくる。

そのパーカーとブルゾンの間からは、子猫がちょこんと顔を出していた。

青年は先ほどの、憮然《ぶぜん》とした表情とはまるで違う、柔らかな笑みを浮かべて子猫を見つめている。

そして指先で優しく、子猫の頭をそっと撫でていた。

——か……可愛い！　……うん？　可愛い？　なにがだ？　子猫じゃない。なぜだ。私はあの青年を、たまらなく、ものすごく可愛らしいと思ってしまっている。いったいどうしたというんだ、私は！

呆然としながら、夏彦は青年を見つめてしまった。

青年のほうは子猫に夢中で、こちらにはまったく意識を向けていない。

塀に立てかけ、停めてあった自転車に乗り、どこかへこいで行ってしまう。

——あっ。待ってくれ！

夏彦は急いで携帯で運転手に連絡し、車を回してもらって乗りこむ。

幸い、青年の自転車を見失わないですんだ。

そうして、三十分ほど密かに尾行した先で、青年は自転車を降りる。

「保護猫カフェ・ねこのま」

看板を見て、夏彦はつぶやいた。

青年が裏口から入っていったところを見ると、どうやらここで働いているらしい。

夏彦は念のため店を画像におさめ、ホームページをチェックして、営業時間を確認する。

それから急いで会社へ行くと、早いところ午前中の会議を終わらせ、なにがなんでも昼にはあの店に行かなくては、と心に誓ったのだった。


その日から夏彦は、昼休みのたびに保護猫カフェを、訪れるようになっていた。

とにかくあの青年と、どうしても会いたくてたまらなかったのだ。

青年は不愛想で、目つきもあまりよくなかったが、そこがまたいい、とすら思えてしまう。

夏彦は自分でも、自分の中でなにが起こっているのかわからずにいた。店に行くまでの車中でも散々考えたのだが。

おそらく自分にとって、子猫を拾うちょっと悪そうな青年、という図が、たまらなくド真ん中ストライクのツボだったのだろう、という結論が出た。

――これまで考えたこともなかった。というか、私は女性しか、恋愛対象として見たことがなかったからな。そもそも恋愛など、子孫を残すためのもので、義務だとしか思っていなかった。

夏彦は、一族経営の大企業の経営者一族の一員として育った。

両親は、どちらも優しく、子育てには熱心だった。いずれ自分たちの会社の後継者とするため、英才教育に力を入れ、習い事も塾も、いくつも掛け持ちをさせられた。

勉強は嫌いではなかったし、なんでもきちんと、やるべきことをやる、というのが苦にならない性格だ。

仕事に関しても同じで、ルーティンワークをこなしていくことを、気持ちいいと感じていた。

しかし、趣味などはないし、学生時代も友達と、はめを外して遊んだなどという記憶もない。

美術館か博物館にヒマつぶしに出かける程度で、趣味というほどの感覚はなかった。

だから仕事以外の時間は、常に持て余しぎみで、退屈しているよりはと、自宅にも仕事を持ち帰ることも少なくない。

ところが、保護猫カフェに通うようになったここ数日は、まったく違う。

――今日は少し、会議が延びてしまったな。午後は……クライアントとの商談が三件か。まあ一社はさほど時間がかからない。この時間を少しずらせば、昼と合わせて二時間は空きが作れる。

夏彦は朝、目が覚めた瞬間からうきうきするようになっていた。

ただし毎日ではなく、月曜日、火曜日、そして木曜日と金曜日の週四日間。

霧也が保護猫カフェで、店員として働いている日、限定だ。

——なにを着ていこう。彼の好きな色を、さりげなく聞けたらいいんだが。いやその前に、まずは恋人がいるのかどうか。好みのタイプも知りたいな。芸能人は誰が好きか、と聞くのが自然でいいだろうか。とはいえ、私は芸能人などほとんど知らないが。

夏彦は霧也に、魅入《みい》られていた。

小さな顔の尖った顎。目つきはよくないが、よく見ると長い睫毛《まつげ》。世の中のすべてに対して拗《す》ねているような、寂しそうな薄い唇。それらと完全にバランスを合わせたかのような、すっと細い鼻梁《びりょう》。

そして痩せて頼りない、胸の薄い身体。

他の人間が、その容姿をどう思うのかはわからない。

しかし今の夏彦にとっては、もう少し肉を付けて健康そうになれば、完全な美を体現するのではないか、とすら思えていた。

——口調もぶっきらぼうだし、いささか乱暴だ。私を見る目も、どこか警戒しているように厳しい。だがそれが猫を前にすると、天使のように愛らしくなるのが、どうにもたまらない。

カフェでの霧也の様子を思い出すだけでも、口元が笑みの形になってしまう。

ただ、少し気になる点があった。先日の、カフェでのことだ。

『霧也、お前さあ。たまには遊びに付き合えよ』

カウンターの奥のほうで、馴れ馴れしく霧也に声をかける青年がいたのだ。

青年は霧也と同じエプロンをしているので、どうやら店員仲間らしい。

『バイトだから無理って言ってんだろ』

霧也は迷惑そうに、断っている。

よし、いいぞ、と夏彦は心の中で思っていた。しかし青年は、なおもしつこく言う。

『たまには休めばいいじゃん。お前、働きすぎなんだよ。あんなおんぼろアパートで、ろくに飯だって食ってねえんだろ。なににそんなに金を使うんだよ』

言いながら、青年が霧也の肩に腕を回すのを見て、思わず夏彦はぎりりと歯を食いしばっていた。

——離れろ！　図々しいやつだな。お前が店番をしているときには、絶対に来店してやらないぞ。

心の中で憤慨《ふんがい》していると、霧也は溜め息をつく。

『動物病院に金がかかるんだよ。オーナーも、そこまで治療費はかけらんねえって』

『あー、ボテか。たっけえもんなあ。だからってお前が自腹切るのかよ』

『いいんだよ。別に俺、買いたいもんなんかねえし』

聞いているうちに、夏彦は青年に対する嫉妬心より、霧也の猫に対する献身に、感動してしまった。

――なんて優しいんだ。そうか、だからそんなに瘦せているんだな？　細い手首も腰も、それはそれで魅力的だが、栄養不足はよくない。

それにしても、と夏彦はアイスコーヒーを飲みつつ、カウンターの中を睨む。

――同僚なんだろうが、もうひとりの青年と、やたら距離が近そうだ。いや、もちろんきみに友人がいるのは悪いことじゃない。慕われて当然だとも思う。だがなあ。

夏彦がそう感じたのは、青年がピアスを片方の耳に三つあけ、髪を青く染め、さらには体格のよさを見せつけるような、ぴちぴちの黒いTシャツを着ていたからだ。

保護猫カフェで働いているくらいだから、同僚の青年も、おそらく悪い人物ではないのだろう。

それなのに、不思議と霧也に感じたようなときめきは、その青年にはまったく感じなかった。

――すでに、霧也くんに心がとらわれているというのもあるが、なんだろう。彼からは、孤高の魂というものを感じない。よく笑ってしゃべって、存分に人生を楽しんでいる雰囲気がある。その点、霧也くんは……。

夏彦は、レジでなにか作業をしている霧也の顔を、そっと盗み見ながら思う。

――強がっているのに、はかないというか。今にも消えてしまいそうな危うさが、とても色っぽい。

そこまで考えて、夏彦はブンブンと否定するように手を振った。

——いや、色っぽいなどと、彼の孤高の魂を汚す考えだ。しかし、そうだ、確かに彼は色気がある。だだ洩れしている。疲れた目元。気怠《けだる》そうな仕草。

うっとりと夏彦は、霧也を数倍美化しながら、物思いに耽《ふけ》っていたのだが。

「んにゃーん、なっ、なっ」

振り回した手に持っていた猫じゃらしに、いつの間にか猫が飛びついて、たわむれていた。


そんなことがあってから、夏彦は霧也の健康状態と、同僚らしき青年の存在に、常に気を配るようになっていた。

通っているうちに、青年の名前は灰崎《はいざき》だと知る。

普段は土曜日の午前中か、日曜日の午後くらいにしかいないようだが、誰かが休んだり、オーナーが忙しいときに、手伝いに入っているらしい。

だが問題はそこではない。霧也と灰崎は相当に仲が良いらしく、見ているとつい夏彦は、やきもきしてしまっていた。

そしてそれ以上に気掛かりだったのは、霧也の健康状態だ。

「霧也くん。アイスコーヒーのお代わりを頼む」

立っていって、空《から》のグラスをカウンターで差し出すと、霧也は作業していた手を止め、顔を上げた。

「また？　たまには違うもん飲めば」

通い詰めたかいがあり、こんなふうに気安い言葉をかけてくれるくらいには、ふたりの距離は縮まっている。

そう考えて、夏彦は嬉しかった。

「うん、そうだな。霧也くんのおすすめは、なにかあるかい」

「おすすめ、ったって猫カフェのメニューなんてたかが知れてるけど」

「じゃあ、オレンジジュースでも飲むかな」

「いや、オレンジジュースは置いてない。柑橘系の匂いは、猫が嫌がるんだよ。リンゴでいい？」

「それを頼む」

夏彦はカウンターの前に立ったまま、中でジュースを用意してくれる霧也の様子を、じっと見守っていた。

――グラスを持つ指が細いな。かがむと、腰が華奢《きやしや》なのも目立つ。せっかくの薄くて綺麗な唇もカサカサだ。もっと栄養をつけなくては、病気になってしまうぞ。

そんなことを考えていると、はい、と無造作に、霧也はリンゴジュースの入ったグラスを差し出してきた。

「ああ、ありがとう。ところで霧也くん」

「なに？」

「たまに店にいる青年……灰崎くん、だったかな。今日は奥にいるようだが。彼とは親しいのか？」

霧也は奥に続くドアのほうを、ちらりと見て言う。

「あいつ？　まあな。施設にいたときからの付き合いだから」

「……そうだったのか。じゃあ、兄弟みたいな関係なのかな」

言うと霧也は、照れ臭いのか、仏頂面をして否定する。

「いや、そこまでべったりじゃねえし。悪友っていうか、腐れ縁の幼馴染って感じかな」

「そ、そうか。腐れ縁と言うが、施設を出ても同じところで働くくらいだから、かなり仲良しなんだろう？」

「仲良しって、気持ち悪いな。人手が足りないから、土日だけでも店に入ってくれねえか、って俺が頼んだんだよ」

「霧也くんからか……」

これは少し手強《てごわ》い相手かもしれない、と夏彦は灰崎に対し、勝手に対抗意識を持った。

そんなことと気が付くはずもない霧也は、灰崎を庇《かば》うように言う。

「あいつ、ちょっとちゃらちゃらして見えるけど、根は結構、しっかりしてるからな。猫にも優しいし」

夏彦はうなずいたが、内心では全然違うことを考えていた。

——ずるい。私も霧也くんに、そんなふうに思われたい。世の中に同性愛者の割合は少ないはずだが、もしも灰崎くんにその気があったら、霧也くんに好意を持っていてもおかしくないんじゃないのか。なにしろ霧也くんは同性が恋愛対象になるなど、考えたこともなかったはずの私が、夢中になってしまっているくらい魅力的だからな。

最近の夏彦は霧也に対して、客観性を失っていた。

自分がこれだけ熱烈に入れこんでいるのだから、他の人間が無関心などということは、ありえないと思うようになってしまっている。

——なんとかしなくては。しかし、いきなり男に告白されても、霧也くんもびっくりしてしまうだろう。もう少し時間をかけて、一度食事にでも誘って……そうだ、近くにフランス料理のいい店ができた、と言っていたクライアントがいたな。あそこを予約して、食後に洒落《しゃれ》たバーに連れて行こう。うん。そうやってデートを何度か重ねて……。

夏彦はそんなふうにして、長期計画を立てていた。


夏彦の密かな計画が没になったのは、霧也の一言によってだった。

雨の降る、肌寒いその日、客は自分だけだった。

ふたりきりの空間に、ひしひしと喜びを感じていた夏彦だったが、霧也はひたすら猫のことを気にかけていたようだ。

気に入った猫がいたら飼って欲しいと言われ、思わず了承したのだが。

『まじっすか！　やった！　えっ、えっ、貰ってくれるって決めてたんですか？』

眩しいほどの笑顔で言われ、その可愛らしさと喜びように、ゆっくり計画を実行するどころではなくなってしまった。

口からは咄嗟《とっさ》に、本音が飛び出す。

『きみを保護したいんだ、霧也くん！』

霧也は当然のことながら、困惑し、拒否反応を示した。

けれど条件として、貰い手のつかなそうな病気の猫も一緒に保護するならばと提案してきたので、喜んで引き受けた。

夏彦は子供のころ、ペットというものを飼ったことがない。そのためペットの飼育というのは、趣味の一環くらいに考えていた。

だが霧也と知り合ったことにより、大量の情報と知識を収集した結果、動物の飼育はある意味、家族を増やすことと同じだと思うようになっている。

霧也が大事な家族を連れて来るというのであれば、それは大歓迎だ。

結果として霧也は、夏彦の自宅を、猫にとって快適な居住空間と認識したらしい。

同居の承諾をしてくれた瞬間、夏彦はなにがなんでも、彼らと本当の家族になりたい、と感じた。

霧也と彼の大切な猫を、全力で守り、愛したい。

そのためなら、どんなことでもする、と夏彦は胸の中で誓っていたのだった。

◆◆◆

自分を保護したい、という変な男の提案を受け入れた翌週の土曜日に、霧也はアパートを引き払った。

引っ越しは簡単だった。業者は夏彦が手配してくれたし、持っていきたいものなど、ほとんどなにもなかったからだ。

ただ自転車で通うには、アルバイト先からかなり遠くなってしまうので、今の居酒屋は辞め、別の店を探すことにした。

電車だとさほど時間はかからないが、帰りは終電過ぎになることが多かったからだ。

安物の古い家具も、ぺったんこになっている布団も業者に処分してもらい、段ボール三箱分程度の、下着を含めた衣類、それに靴と猫関係の品くらいしか荷物はない。

「さあ、霧也くん。ここがきみの部屋だよ」

上機嫌で、ずっと笑みを浮かべている夏彦に案内されたのは、十五畳ほどのフローリングの部屋だった。

「やべえ」というのが、霧也がこの部屋に感じた第一印象だ。

夏彦のマンションの間取りは５ＬＤＫで、他に書斎と寝室、そして客間、だだっ広いリビングと、他にも余っている部屋が一つあると、先日夏彦から聞いている。

霧也に用意されていた部屋は、南向きで明るく、白木とインディゴブルーで統一された、北欧風のシンプルな家具がそろえられていた。

いずれも新品らしく、新築の家のような匂いがする。

そこに呆然と突っ立っている、よれよれのパーカーに、膝の擦り切れたジーンズの自分が、ひどく場違いに感じられた。

「な、なあ。これってもしかして、俺のためにそろえてくれた家具？　いいの？　俺、汚しちゃうかもよ？」

セミダブルのベッドや、ローテーブルとソファのセットを指差して尋ねる。

今日もピシッとスーツを着こなしている夏彦は、笑顔でうなずいた。

「もちろんだ。気に入ってくれたかな。もし趣味と合わないようなら、買い替えようか？」

「はあ？　なに勿体《もったい》ねえこと言ってんだよ！　どうかしてるんじゃねえの？　むしろ一生使います！　安く譲ってくれればだけど！」

すると夏彦は、白い歯を見せた。

「もう、きみのものだよ。大事に使ってくれたら嬉しいな」

「えっ。も、貰っていいの？」

うわー、と霧也は思わず、家具に触れたり、前から後ろから眺めてみる。

「でも、わかんねえ。なんでここまでしてくれるんだよ？」

「嬉しいからだよ、きみと一緒に暮らせることが」

夏彦の表情からも声からも、それが嘘とは思えない。

「それから、私ときみ専用のスマホだ。最新機種で、着信音は猫の鳴き声にしてある」

「俺と、あんた専用？」

「うん。休憩時間なんかに、夕飯や翌朝食べたいものが思いついたら、リクエストしてくれると嬉しいな」

なぜそこまでしてくれるのか。新しいスマホを受け取りながらも理解できなくて、霧也はとまどってしまっていた。

——まあようするに、あれだ。金持ちの考えることなんてのは、俺みたいなのにわかるわけねえ、ってことなのかな。

そんなふうに自分を納得させるしかない。

それに霧也としては、もっと大切なことがあった。

「あのさ。俺はともかく、こいつをまず、落ち着かせてやりたいんだけど」

荷物の入った段ボールなどは、その辺に放っておいたが、霧也がしっかりと手にしているものがあった。

それはボテが入った、キャリーケースだ。

「ああ、ボテくんだね。もちろん、迎え入れる用意をしていたよ」

夏彦は言って、こっちだ、と霧也を別の部屋へ誘導する。

「ショップ店員のアドバイスを聞きながら、そろえたんだが。足りないものがあったら言ってくれ」

霧也はドアを開いた瞬間、叫んでしまった。

「おおおお！　すげえ！」

それは霧也の部屋の隣にある、十畳ほどの一室だった。

同じくフローリングだが、大きなキャットタワーが取り付けられており、他にソファなども置いてある。

「トイレはこっちの、水回りに近い扉のほうに設置したんだ。それと猫用ベッドは、あっちの隅とこっち側にある」

すげえ、を何度も連発しながら、霧也は夢中で室内を見回していた。

使わせてやりたいが、手が届かないと思っていた猫用の品々が、その部屋にはそろっていたからだ。

「このキャットタワー、カタログで見たことあるやつだ！　高くて店でも買えなかったんだよなあ。それに、ベッド型の爪とぎ！　一度やらせてやりたいと思ってたんだ……あっ、流水型の水飲み場じゃねえか！　流れる水って、猫は好きなんだよ」

はしゃいで室内を見て回りながら、霧也は手早く、用意していたボテの匂いのついた猫砂を、新しいトイレのシリカゲルの粒に混ぜた。

自分の匂いがついていると、安心してそこがトイレだと認識できるからだ。

そしてキャリーケースの扉を開き、しばらくそっと観察することにする。

「ここで様子、見てていいか」

ほくほくしながらソファに座って言うと、夏彦はもちろん、と隣に座った。

「気に入ってもらえるといいんだがな」

「見た目ほど、気難しいやつじゃないからな。多分、大丈夫だと思う」

ボテは警戒しながらキャリーバッグから出てくると、ゆっくりと辺りの匂いを嗅ぎ回り、姿勢を低くして歩き出した。

室内を何周かしてから、部屋の隅に置いてあった、クッション状になっている、小さな家の形をしたベッドの中に入っていく。

ベッドの中には安心できるようにと、霧也の匂いがついた、Tシャツを入れていた。

どす、とその中に丸くなると、顔だけ出して、周囲を見回す。

「……あの分だと、じき慣れてくれそうだ。夜は俺のベッドに入れてもいいか？」

「あ、ああ。一緒に眠るのかい？」

「そのほうが、あいつも安心すると思うから。そうだ、それから、フード！　あいつの好みに合うのがあるといいけど」

「それなら、何種類が用意してある。シニアの、腎臓サポート用だったな？」

「うん。ちょっと見せてくれるか」

霧也が尋ねると、今度は広いキッチンへと連れて行かれた。


ステンレス台が大きくてぴかぴかしていて、レンジフードが低い。こんなキッチン、初めて見た、と霧也は思う。

カウンターはあるが、リビングまでずっと一続きの空間になっているので、なんだか大きなレストランの一角にいるような感じがする。

夏彦は、備え付けの棚の扉を開き、フードを取り出してずらりと並べて見せた。

見慣れない袋が多く、ほとんどが外国製のようだ。

ふおおお！　と興奮のあまり、変な声が出てしまう。

「この中の、どれがいいかな」

「どれって……！　こ、これって鹿肉のカリカリじゃねえか。こっちも、これもヨーロッパ産だな。こんなのホームセンターで見たことねえぞ！」

「いろいろ勉強した結果、やはりペットに関しては、欧米のほうが進んでいる傾向があると感じてな。すべて専門店から通販で取り寄せた。ホームセンターだと、どうしても温度管理の必要なフードは、入手しにくいようだ」

「あー、この、ドイツのやつ！　このフード、質も味も評判がいいって噂は聞いたことがあったけど、高くてさあ」

とりあえず、そのフードと水を用意してボテの部屋に置いておき、自主的に食べるのを待つことにする。

そっとキッチンへと戻り、よかったなあ、ボテ。と霧也は安堵の溜め息をついた。

好き嫌いの多い猫だが、これだけ種類があれば、きっと気に入るフードがあるに違いない。

「そうだ、それから霧也くん。こういうのも用意しておいたぞ」

言いながら次に夏彦が出してきたのは、さまざまな猫用サプリメントや、雑貨だった。

「この納豆菌は味もしないし、水に混ぜてやるといいらしい。それから、あまり食欲のない日のためにゴートミルクを。もし薬を飲ませるのが大変なようなら、ピルクラッシャーもあるからな。そうだ、もちろんブラシと爪切りニッパーも。玩具《おもちゃ》もいろいろそろえたぞ」

「お、おう。ありがとうな」

ここまでやってくれるのか、とさすがに霧也は夏彦に対し、素直に感謝の念を抱いた。

おまけに一緒に自分も暮らせる。ボテは本当に、いい飼い主に出会えたらしい。

それに霧也が礼を言うと、夏彦はそれだけで、本当に嬉しそうに目を輝かせる。

「きみが喜んでくれるなら、なによりだ。動物病院も、もちろんかかりつけでもいいが、名医のいるところを手配してもいい」

「まじで？　それじゃ、ボテの体調によっては頼むかもしれない」

「遠慮せず、いつでも言ってくれ。ところで、そろそろ昼食にしよう。支度ができるまで、部屋を検分でもしていてくれ」

えっ、と霧也は夏彦を見る。

「あんたが作ってくれるの？」

「いや、うちの料理人が作り置きしておいてくれたものだが。ビーフシチューとバゲットでいいかな」

言われてみれば、時刻は午後一時半で、少し空腹を感じている。

了承して、霧也はひとりで、あてがわれた新しい自室に入った。

「はー……なんだこれ。夢でも見てるのか」

ひとりきりになった霧也は、滑《なめ》らかなベッドカバーの上にどすっと座り、改めて広い室内を見回して思わずつぶやく。

「家賃払うとしたら、十万はするよな。いや、もっとか？　そのうえ光熱費も食費も無料って、太っ腹すぎるだろ。いいのかまじで！」

感激し、はしゃいだ気持ちを抑え切れずに隣の部屋へ行き、ボテの様子を見る。

と、先ほど用意したフードの皿は空になっていて、トイレもすませた形跡があった。

こうなると、ボテはほぼ問題なく、この家に馴染めたと思っていい。

霧也はボテの丸まっている、小さな穴倉のようなハウスに手を突っ込み、丸い背中を撫でてやった。

中からは、ぐるるるる、という低音が響く。

——よかった。落ち着いてきたみたいだな。

ホッとして再び自室に戻り、段ボール箱を片付けていると、夏彦が相変わらず嬉しそうな顔でやってくる。

「用意ができたよ、霧也くん。夕飯はなにを食べたい？」

「えっ。別に、俺はなんでも」

「いつもはどんなものを？」

「んー。ほぼカップ麺かな。面倒だと食わないで、さっさと寝る」

答えると、夏彦は眉間に皺を寄せた。そして額を右手で押さえ、溜め息とともに首を振る。

「やはりな。きみの痩せ具合と、顔色の悪さを心配していたんだ」

「はっ？　俺の心配を？　猫カフェで？　なんで？」

感激していた状態から一転、霧也は困惑してしまう。

別に悪いことをされているわけではない。むしろ逆なのだが、行動原理とその心理が理解できないのだ。

よし、と夏彦は顔を上げ、霧也に言った。

「夜はしっかりした、本格的ディナーにしよう。急だが、なんとか手配してみるよ」

はあ、と適当に相槌を打った霧也は、その夜、腰を抜かしそうになった。


「プリモピアットのパスタは、なにをお選びになりますか」

「えーと。じゃ、じゃあ……その、プリモなんとかのパスタで」

「いいえ、そういう意味ではなくてですね」

夜になると夏彦はどこかから、イタリアン料理店のシェフを呼んできていた。

すでに引退して今はオーナーに専念してるそうだが、若い料理人も数人、研修を兼ねるなどと言って連れて来ている。

有名店らしいのだが、もちろん霧也は知らない。イタリアン料理など、安いパスタのチェーン店で食べるのがせいぜいだ。

ところが今夜は夏彦の家が、貸し切りの高級イタリアンレストラン状態になっている。

食材も用意してきたらしく、キッチンで数人が調理をしていた。

けれど、決して霧也はこの状況を喜んではいない。

――びっくりするほど落ち着かねえ！　それに日本語で話してくれ、意味わかんねえよ！

キッチンと続く広いスペースにある、大きなダイニングテーブルにつくなり、アペリティフがどうたら、アンティなんとかのカプレーゼがなんたら言われ、精神的に疲れてきてしまっていたのだ。

「あのさあ、夏彦さん」

真っ白なクロスをかけたテーブルの、正面に座っている夏彦に、霧也は降参を告げる。

「こういうの俺、駄目だわ。しんどい」

夏彦はびっくりした顔をする。

「うん？　イタリアンは口に合わないか？」

霧也は溜め息をついて、首を左右に振った。

「そうじゃねえけど。最初から食うもの、全部一度に並べてくれよ。そんで、好きなときに食いたいもんを食わせて欲しい、ってのは無理な頼みかな」

「しかしそれだと、温かい出来立てのものを食べられないぞ？」

「いいよそんなの、簡単に冷めねえだろ」

そう言ってから、霧也はとまどったように立っている、シェフに向かって謝った。

「ごめんな！　料理は美味いんだ、本当だよ。でも俺、こういう食事って慣れてなくてさ。マナーとかもわかんねえし」

困り顔をしていた、白髪のシェフは、それを聞いてにっこり笑った。

「いいえ、率直に言っていただけたほうが助かります。美味しいと思う食べ方をしていただくのが、一番ですから」

「そうか。私の考えが浅かった。悪いのは私だ、霧也くん」

夏彦は視線を、シェフに向けて言う。

「きみにも申し訳ないことをしてしまった。料理が出来上がり次第、順次テーブルに置いていってくれ。パスタの種類は、そうだな。任せるから何種類か、持ってきて欲しい。セコンドピアットもだ。そして取り皿を」

霧也がぽかんとしているうちに、テーブルの上には次々にパスタに肉料理、魚料理、そしてサラダがぎっしりと乗せられていく。

「遠慮なく、好きなように食べてくれ」

「あ。うん。なんか気を遣わせて悪い」

しかし本当にこのほうが、ずっと食べやすいし気分も楽だ。

霧也はバイキングのように、取り皿に適当に食べたいものを盛って、食事をする。

見たこともないような料理や、食べ慣れないものもあったが、さすがにどれも美味しかった。

「すげえ美味かった！　ごちそうさま。ありがとう」

パン！　と手を合わせて言うと、こちらこそありがとうございました、とシェフが頭を下げる。

夏彦も満足そうにうなずいて、食事を終えた。

最後に珈琲を出すと、シェフたちはキッチンで洗い物まですませ、挨拶《あいさつ》をして帰っていった。


夕食後。シンと静かなリビングのソファで、満腹になってだらけていると、夏彦が新しい珈琲を淹れてくる。

「私なりに、精いっぱい歓迎したつもりだったんだが。これからは、もっとカジュアルなスタイルの食事がいいのかな」

正面のソファに座った夏彦に、霧也はガリガリと頭をかきながら言う。

「えっと。もてなしてくれる、っていう気持ちは嬉しいけどさ。丼とかで、俺は充分」

「遠慮しなくていいんだぞ」

「してねえよ。海老天丼とか、高いだろ」

「それでは栄養が偏《かたよ》ってしまうだろう」

「じゃあ、それとサラダでいいや」

「タンパク質が足りない」

「そうかあ?」

霧也は腕組みをして考える。これまで、栄養の偏りなど、気にしたこともなかったのだ。

「今夜のように、きみがリラックスして食事ができないというのは、私の誤算だったが。保護したからには、きちんと丈夫な身体にする義務があるからな」

「へ？　いいって、別に。病弱でもなんでもねえし」

ありがた迷惑なのだが、夏彦があまりに一生懸命な顔で言うので、霧也はつい笑ってしまった。

「本当にあんた、変わってるな。俺とは赤の他人だろ。ひとりが寂しくて、俺を居候《いそうろう》させてるだけなら、適当に安いもん、食わせとけばいいじゃねえか」

「いいか、霧也くん。きみはボテくんと、同じ立場なんだぞ」

真面目くさった顔で、夏彦は力説する。

「ボテくんに、添加物と防腐剤とナトリウムどっさりの、適当な安いフードを与えてもいいのか？」

「いや、ちょっと待って。それは困る」

慌てて霧也は否定する。

「だったらきみも、自分自身の健康に注意を払ってくれ。そうだ、一度健康診断もすべきだな」

面倒くさい、と拒絶を口にする前に、夏彦は続ける。

「ボテくんと同様に、だ」

そう言われてしまうと、断れなかった。

その夜、霧也はピカピカで巨大な、テレビまで設置されているバスルームに面食らい、シャワーだけ浴びて急いで出た。

バスタブには湯が張られていたが、入ってもくつろげない気がしたからだ。

「おう、出たぜ。バスタオルってどれ使っていいの？」

ドアを開けると、ちょうど脱衣所にいた夏彦に声をかける。と、なぜか夏彦は飛び上がりそうに、驚いた顔をした。

「はっ、早いな！　もう出たのか」

「うん。タオル貸して」

「そこのを、好きに使っていい」

言われて霧也は、大理石調の棚に十枚近く乗っている、すべて同じ無地の、分厚いバスタオルを手に取った。

「バスタブは使わなかったのかい？」

「あー。なんかボタンみたいなのいっぱいあって、なにがどうなるかわかんねえから入らなかった。夕飯の勢いだと、サービスで床からセクシー美女とかマッサージ師とか、飛び出てきそうじゃん」

「さすがにそんなシステムはついていないが、悪いことをしたな。きちんと説明すべきだった」

「別にいいよ。今からあんたも入るんだろ？　あんまり待たせちゃ悪いし」

「いや私は、あとで入るから、急がなくていい」

え？　と霧也はバスタオルで身体を拭《ふ》きながら、首を傾げる。

「入るから、ここにいたんじゃねえの？」

うっ、となぜか夏彦は、一瞬言葉に詰まってから、焦ったように言った。

「つまりその、ええと、きみの寝間着をだな。用意していた」

確かにその手には、白い光沢のある寝間着が、しっかりと抱かれている。

「ああ、サンキュ」

「信じてくれ！　私は、その、決して、のぞき見ようなどという、ふしだらなことは考えていなくて」

「そりゃそうだろ。なに言ってんの？」

わしわしと霧也は頭を拭きながら、眉を顰《ひそ》めた。

「い、いや、うん。じゃあここに、置いておく。それとこれも」

差し出されたのは、冷えたミネラルウォーターのボトルだった。

「気が利くじゃん。ありがと」

受け取ると、目元をほんのり赤くした夏彦は、さっと退室していく。

――なんだろうな、この待遇。単にものすごくいいやつなのか？　本当にわかんねえ。

ほんの一瞬。霧也の頭に、昔読んだ昔話が浮かんだ。

旅人を優しい言葉で招き入れ、ご馳走を食べさせ、風呂に入れ、眠ったところを食べてしまう、鬼の話だ。

ぶるっ、と霧也は身を震わせたが、気を取り直し、ペットボトルの蓋を開ける。

――まあいいや。俺はともかく、ボテは食わせねえ。絶対に返り討ちにしてやる。

そんなことを考えながら、霧也は喉を鳴らして冷たい水を飲んだ。

すぐ横に目をやると、大きな鏡が設置されている。

風呂上がりにシルクの寝間着を着て、ミネラルウォーターを飲んでいる自分の姿は、まるで映画でも見ているような錯覚に陥らせた。

「うーん。まだ信じられねえ。いきなり別世界に来たみたいだ」

昨日までは今時珍しい、トイレが共同の風呂なしアパートに住んでいた。

銭湯が遠かったため、面倒なときは共同の流し場で、頭や身体を洗っていたのだ。

布団はせんべい布団だったし、古くて茶色くなった畳は、根太板《ねだいた》が腐っているのか、ボコボコとへこんでいた。

狭くて古くて、カビていたり汚れていて、そこら中が隙間と傷だらけ。それが昨日までの、霧也の生活圏だった。

「それがいきなり、これだもんなあ」

バスルームを出て廊下を歩き、ドアを開いた霧也は、しばし呆然と、広々とした部屋を眺める。

目の前にはセミダブルの、白一色で統一されたファブリックの、大きなベッドがあった。

洒落た間接照明が、この空間をさらにモダンに演出している。

——お洒落で豪華で、勿体ないくらいなんだけど、なんかあれだ。ショールームみたいなんだよな。緊張して寝れねえよ……。あ。でもそうだ、あいつがいるんだった。

霧也は隣室からボテを抱っこしてきて、ベッドの中へと連れこんだ。

「んにぁ……？」

「頼む、ボテ。ここで一緒に寝てくれ。俺、寝相悪くないからさ。いいだろ？」

「にゃうう」

頭を撫でながら優しく囁《ささや》くと、ボテはおとなしく霧也に額をこすりつけ、腕と脇の間で丸くなる。

やがてその喉から、ぐるるー、ぐるるー、という低い音が聞こえ始めた。

「なあ、ボテ。今夜の飯は美味かったか？　あれ、鹿肉だってさ」

「んー。にゃう」

「よかったな。清潔で、静かで、広い家。お前、本当に玉の輿に乗ったみたいだぞ」

こちらの言葉がわかっているのかいないのか、ボテは胸の辺りを両前脚で、ぎゅっ、ぎゅっ、と押し始める。

ボテが鳴らす喉の音と、柔らかい感触。そして温もりに気持ちが和んでいくうちに、いつしか霧也は眠りに落ちていった。

保護という名のもとに、夏彦の家に移住させられてから、一週間が経過した。

霧也は相変わらず、保護猫カフェに通いつつ、夜にバイトする居酒屋を、新居の近くで探している。

そして夏彦は当初と変わらず、常に上機嫌だった。

夕食は、基本的に専属の料理人が作り、朝食は昨晩、温めるだけでいいように作り置きされていたものが出てきた。

日によっては専門店からプロを招き、その店の食材を用いて調理させる、という日もある。

寿司の日もあったし、うなぎや天ぷら、ステーキの日もあった。

しかし土曜日である今朝、夏彦はせっせと、自分で朝食の支度をしてくれている。

もちろん、自分が食べるよりも先に、ボテの朝食の用意は霧也がすませていた。

おそらくボテ専用の室内では、今ごろカリカリとフードを噛む音が、ずっと響いていることだろう。

さあどうぞ、とエプロンを外しながら、夏彦は霧也の正面の椅子に座る。

「シェフたちのようには、いかないけれどね。どうしても、一度私の手料理を食べて欲しいと思っていた。和食にしてみたんだが、特に嫌いなものはないと言っていたよな」

「うん。へええ、すごいなあんた。なんでもできるんだ」

「それほどのことでもない」

照れる夏彦は、嬉しそうだ。

ダイニングテーブルに並べられたのは、焼き魚と出汁巻き玉子、それに納豆と大根の味噌汁に、ほうれん草の胡麻和えと、ほかほかの白米。

施設でも、これに似たメニューが出たことはあったし、さほど美味しかった記憶はない。それなのに、無性に懐かしい気がするのはなぜだろう。

ほかほかと湯気を立てている、出来立てだからだろうか。

夏彦が和やかな笑顔で、せっせと給仕してくれたせいかもしれない。

「……美味そう。いただきます」

霧也は手を合わせて言ってから、箸《はし》を持った。

「そろそろ一週間が経つが。我が家の住み心地はどうかな」

正面に座り、自分も箸を持った夏彦に聞かれ、霧也は素直に言う。

「いいよ、もちろん！　俺はね。でもそっちはどうなんだよ。俺と病気持ちの猫を住まわせて、帰宅が遅いとろくに話もしないじゃねえか。俺もさっさと寝ちまうし。こんなんでいいのか？」

「きみにとって心地いいことが、私にとってもいいことなんだ」

口に頬張って話す霧也とは違い、夏彦はきちんと飲み込んでから話す。

食べ方もとても綺麗で、魚の身から綺麗に骨を外していくのは、見ていて気持ちよかった。

「それより、霧也くん。私としては、もっときみに甘えて欲しいんだよ」

「甘える？　俺が？」

「もっとこう、なにかないか。欲しいものとか、して欲しいことは」

——男に甘えろって、どうしろってんだよ。あんたは俺のお父さんか？

霧也は困惑して、心の中で突っ込む。

「私としてはね」

夏彦は箸を置き、綺麗な歯を見せて言う。

「今日の予定として、きみには美容サロンとテーラーに行ってもらうつもりなんだ」

「サロンと、テーラー……？」

えーっと、と霧也は眉間に皺を寄せ、なんとか理解する。

「床屋と服屋か」

「うん。きみはもっと、豊かな生活を享受する資格がある。中身も、外側もだ」

面倒くさいから嫌だ、と言いかけて、霧也はハッと顔を上げた。以前から欲しいと思っていながら手が届かなかったものが、ふっと頭に浮かんだ。

「猫ちぐら！　新潟の猫ちぐら買ってくれ！　ちゃんとした民芸工芸品の、オーダーのやつな！　それと、猫用のお姫さまみたいな豪華ベッド。あれに寝たボテの写真を撮りたい！　それを買ってくれるなら、散髪でもなんでもしてやるよ」

さすがに両方は無理でも、もしかしたらどちらか一つくらいは、と試しに言ってみたのだが。

いいよ、とあっさり夏彦はうなずく。

「大きさも種類もいろいろあると思うが、それぞれ一つでいいのかい？」

「えっ？　あ、ああ。その。とりあえず」

愛する猫が、落ち着ける猫ちぐらの中で丸くなり、安心して眠っているのを見る、ということは、長年の夢だった。

「まじで買ってくれるのかよ？　あれ確か、五万円以上するけど」

「もちろん。なにも問題ない」

——すげえ！　一瞬で夢がかなった。

霧也は箸を置き、正面からじっと前を見据《みす》えて、ぺこりと夏彦に頭を下げる。

「あの。ありがとう。本気で感謝する」

「私はね、霧也くん」

顔を上げると、夏彦は男らしい顔に、慈愛に満ちた笑みを浮かべていた。

「きみが喜んでくれることが、嬉しいんだ。だからもっと、なにをしたら喜ぶのか教えてくれ。いつでも、いくつでもいいから」

「あ……う、うん」

欲しいものを口に出すと、なんでも買ってもらえるらしい。

そう考えた瞬間、霧也はふわふわとした、不思議な感覚に包まれた。

施設育ちの自分には、生まれて初めての経験だったのだ。

――なんなんだろう、この人は。大天使とか、猫神さまのお使いとか、そういう人外の存在じゃねえのか？

そうでないなら、どうしてこんなに自分によくしてくれるのだろう。

とまどうばかりの霧也だったが、当初と大きく、夏彦に対する心象が変わっている。

カフェで話していただけのころは、変人としか思えなかったのだが、さすがに今はひたすら感謝の気持ちが、大きく膨らんでいた。

――たとえ、ひとりきりで住むのが嫌で、俺を同居させただけだとしても。ものすごくお人好しで親切で、優しいのは確かだよな。そうでなきゃ、こんな朝飯まで作ってくれないだろ。

霧也は改めて、目の前の皿を見る。

引っ越してきた日の、イタリアンのように派手ではなくとも、どれも丁寧に、きちんと作られた料理だった。

ご飯はふっくらつやつやしていたし、西京漬けの焼き魚も、外はパリッと、中はふわっとして、温かいうちに食卓に並べてくれていた。

考えてみれば自分ひとりのために、誰かが食事を作ってくれる、ということも、これまでなかった。

──だからかな。なんだか、すげえ美味かった。どれも優しい味で、食べてると腹だけじゃなくて、気持ちまで満足しちまうっていうか……。

「えっと。あのさ。夏彦さん」

「うん？」

「俺、高級レストランのとかより、今朝の飯のほうがいい」

「えっ⁉」

「今朝の飯が、一番美味かった」

「ほっ……本当に？　お世辞ではなく、私に気を遣ったわけでもなくか？　頼む、正直に言ってくれ！」

あまりに必死な顔で言うので、なんだかこっちが恥ずかしくなってきてしまう。

「まじだって言ってんだろ。別に、気なんて遣ってねえし」

照れ隠しで、つい口調が、ぶっきらぼうになってしまった。

「あ、いや、悪かった」

「なんで謝るんだよ。お、俺は、あんたの飯が食いたいって、言ってるだけ」

ガタッと席を立ち、霧也は空になった皿を手にする。

「食うだけじゃ悪いから、洗うのはやる」

「気にしないでくれ。どうせ食洗機だ」

「でも、持ってくらいはする。……で、何時に出んの」

霧也は、顔が赤くなるのを感じながら、夏彦に聞いた。

「えっ？　ああ、行ってくれる気になったのか！　よかった。サロンの予約は十時だ。そのあとランチを食べて、服を買う。今日の予定はそれでいいね？」

上機嫌で言う夏彦にうなずいて、霧也は食器をシンクに持っていくと、ボテの部屋へと向かった。

ドアを閉めると、顔の強張《こわば》りが取れ、一気に気が緩む。

「なあ、ボテ。お前、どう思う」

水を取り替え、トイレの掃除をしながら、霧也は傍《そば》でじっとこちらを見上げている、大きな毛の塊のような猫に話しかける。

「お前、猫ちぐらって知ってるか。職人さんが丹精込めて作った、籐《とう》のベッドだ。あれで寝たら気持ちいいぞ」

「んー、にゃう」

「それと別に、洋風ベッドも買ってもらえるからな。なんていうかこう、ベルサイユって感じの！　なんかあいつさあ。夏彦さん。やっぱりちょっと変だけど、すごくいいやつみたいだ。お前、ここに来られて、本当にラッキーだったよ」

そして、自分もそうかもしれない、と霧也は思い始めていた。

「いや、待て。こんな高い服いらねえって。もうちょっと、こう、せめて五千円くらいであるだろ」

その日の午後。霧也はヘアサロンで髪を切ってもらい、爪も整えられ、高級テーラーで服一式をそろえてもらった。

それから、すぐに着られるカジュアルな普段着も必要だから、と連れて来られたブティックで、すっかり閉口してしまっている。

夏彦と自分が通されたのは、応接間のような広い個室で、こんな世界があったんだなあ、と感慨《かんがい》に耽ってしまう。

「生活するうえで、衣食住は欠かせないものだ。食と住を確保したら、今度は衣類だろう」

夏彦はそう言うが、限度があるだろう、と霧也は呆れていた。

まったく未知の世界だが、店構えからして、高級ブランドを扱っているのだとはわかる。

ディスプレイされていたのは、ジーンズやパーカーなどで、確かにカジュアルだ。

素直にかっこいいなと思ったし、それをくれると言われたら悪い気はしない。

しかしちょっと手に取ってみたTシャツの値段は、高めを予想していたものの、それでもゼロの数が、一つ違った。

「お似合いですよ、お客さまは手足が長いですから」

髪をきりっと一つにまとめた美人な女性店員が、試着した霧也をしきりに誉めてくる。

「そ、そうかな」

「コートも各種、入荷したばかりなんですよ。ダウンも人気のメーカーはサイズがすぐ売り切れてしまいますので、よろしければご試着されてみては」

「えっ、そんなの着るのまだ先だろ」

慌てる霧也に、夏彦は穏やかに言う。

「買っておこう。どちらにしろ、必要になるんだ」

「じゃあ、せめてセールのときにしようぜ。どうせこの店のなんて、目の玉飛び出るほど高いんだろうだし」

焦って言うと、店員は苦笑した。

「色とサイズによっては、すぐ売り切れてしまうんですよ。予約も多いですし、そもそもセール対象になる商品は少ないんです」

「持ってきてくれ」

夏彦の一言で、サッと店員は商品を取りに行く。

霧也は大きな鏡の前の、すっかり変わった自分の姿に、半ば呆然としてしまっていた。

なんというか、ファッション雑誌にでも載っているような格好だ。

その背後に夏彦が立ち、ほれぼれしたという顔で見つめてくる。

「ご覧。きみが着たおかげで、服が素敵に見える」

「いや、絶対嘘。誰が着ても服が変わるはずがねえ」

「見栄えがすると言っているんだよ。他に欲しいものはないか？　あっちにはニットやジャケットもあるぞ」

「待ってくれ。俺、こういうの慣れてねえんだって。また今度でいい」

心底そう感じて頼むと、夏彦は了承した。

「また疲れさせてしまったかな。ではサイズだけ控えてもらって、カタログを貰い、家でゆっくり選ぶといい」

霧也はうなずいて、このところずっと続いていた、夢の中にいるようだ、という気分に再びなっていた。

夏彦がカードで清算している間も、物珍しさに緊張しつつ、店内を見回す。

空気はハーブのようないい香りがしているし、店員は美男美女ぞろいだ。

——欲しい、って口にすると、与えてもらえる。どんなものでも。高いものでも。

それは霧也にとって、ひどく馴染みのない感覚だった。

が、だんだんとそれが心地よく思えてきている。

支払いを終えて店を出ると、夏彦の車に乗りこんだ。

丸で囲まれたBに翼のついたマークの車は、霧也はまったく知らないメーカーだったが、乗り心地はなかなかよかった。

運転手が静かに車を発進させ、後部座席に夏彦と並んで座る。

その間も、夏彦はずっと自分を見ていた。

「霧也くん。まだ慣れないかもしれないが。これからは、欲しいものはいつでも私に言ってくれ。服や食べたいものだけじゃない。やりたいスポーツ。習い事。行きたい場所や、やってみたい遊び。なにかあるだろう?」

「……あのさ、前から思ってたけど、あんたおかしいよ。赤の他人の俺にそんなことして、なにが面白いの?」

「きみだって、自分とは違う種類の生き物を大切にしてる。愛情を持って世話してるだろう? それを私は、おかしいとは思わない」

そう言われると、確かにそうかもしれない。

ううん、とそれでも霧也はまだ腑に落ちず、首をひねる。

霧也が猫を極端に可愛がるようになったのには、理由があった。


霧也が育った施設は、特別に待遇が悪いわけではなかったが、いいとも思えなかった。

規則正しく清潔に、をモットーに時間に厳しく、幼いうちから規律を叩きこまれ、ルールに従って生活をさせられていた。

霧也はもともと、そこまでひねた性格をしていた、とは自分では思っていない。

しかし、年齢が上がっていくにつれ、そんな窮屈で画一的な生活に、反発を感じるようになっていた。

一言で表すならば、温もりに乏しい毎日だった。

愛情が与えられないだけでなく、こちらの愛情が向かう対象もない。

そんな霧也が初めて出会った、自分に愛情を求め、こちらも愛せた存在が、施設と学校の間にある公園の敷地にいた、野良猫だった。

『ほら、給食。食わないで、持ってきた』

『ん、にゃーおん』

『また明日、なんか食わせてやるからな』

自分の手から餌を食べ、手の甲を舐め、額をこすりつけてくる柔らかな生き物が、霧也は可愛くて仕方なかった。

決して綺麗な猫ではなかったと思う。身体の一部は毛が抜けていたし、目ヤニがたくさんついていた。

それでも、愛《いと》しい、という感情を、その生き物は霧也に教えてくれた。

半年ばかり、その猫との交流は続いたと思う。けれど、ある年の秋を境に、ぱったりと姿を見せなくなってしまった。

心配して、随分《ずいぶん》と探し回ったものだが、とうとう行方はわからないままだ。

すっかり落ち込んでしまった霧也を、当時から仲の良かった灰崎は、一生懸命気遣ってくれた。

『お前って、給食、ほとんど野良にやっちまって、どんどん痩せてたじゃん。だからさ。

自分がいたら悪いと思って、お前のためにいなくなったんだよ、きっと。そんで、もっと金のある、餌いっぱいくれる人間のとこに行ったんだと思うぜ』

そうだ。きっといい人に拾われたのだ。どこかの温かな布団の中で、ぬくぬくと眠り、たっぷりご飯を貰ってまるまる太り、絶対に幸せになっているんだ。

霧也は必死にそう思いこむことで、自分を慰めた。

それでも、公園に行くたびに、涙が流れて仕方なかった。

だから今も、猫は可愛い。懐いてくれる動物はなんでも可愛いが、特別に思い入れがあるのはやはり猫だ。

一方、夏彦が自分をそんなふうに大事に思い、保護して世話をしてくれる理由はないはずだ。

そして、ようやくその理由がわかる出来事が起こったのは、この日の夜のことだった。


居酒屋のアルバイトの面接から帰宅した霧也は、ポイポイと服を脱ぎ散らかし、Tシャツ一枚でごろりとベッドに寝転がる。

夏彦の家に居候していられる現在は、そこまでバイトをしなくてもいいのだが、暇を持て余すよりは金を稼いだほうがいい。

そうしたら、赤字の保護猫カフェに寄付できる。

霧也はそう考えて、バイトを続けるつもりでいた。

と、ドアがノックされ、声がかけられる。

『霧也くん。風呂が沸いたから入るといい』

どことなく、声の調子がいつもより硬い気がしたが、霧也は承知した。

「うん、わかった」

むくっと起きてドアを開き、バスルームに霧也が向かうと、夏彦もついてくる。

「なんだよ、どうかしたのかよ？　先に入りたいなら俺、あとでもいいけど」

「いや。霧也くん。実は、折り入って頼みがあるんだが」

なに、と続きをうながすと、夏彦は妙なくらい顔を赤くして、口ごもりながら言った。

「つ、つまりその。たまには、一緒に、ふ、風呂に入ってもいいか」

はあ？　と霧也は首を傾げる。

施設ではいつも大勢で風呂に入っていたこともあり、その提案に、特に抵抗はなかった。

「いいけど。なんでそんな、重大な秘密でも打ち明けるみたいな言い方すんの」

「そ、そうか！　いいならいいんだ、うん、よかった！　嫌かもしれないと思って、一応確認してみた」

「前から思ってたけど変な人だよなあ、あんた。なんていうか、気にするポイントとか、こだわる部分とか、理解できねえ」

「……申し訳ない」

しょんぼりした顔になる夏彦に、霧也は苦笑する。

「いや別に、謝らなくても。住んでる世界が違うってことじゃねえの」

多少変わり者でも悪人でないことは確かだし、変わっていなければ、自分を保護するなどとも言い出さなかっただろう。

「なんでもいいや、じゃあふたりで風呂入ろう。五人くらいでも余裕で入れる広さだもんな」

「あ、ああ、入ろう！　よしっ、一緒にお風呂だ！」

楽しそうに言う夏彦が、なんだか子供みたいに思えて、霧也は笑ってしまったのだが。

バスタブに入る前に、夏彦が頭と身体を洗ってくれると言い出して、またもや困惑してしまった。

「いやいやいや、ちょっと待って！　いくら保護だのなんだの言っても、こっちはガキじゃねえっての」

呆れて言うが、夏彦は真剣に懇願してくる。

「嫌か？　どうしても、絶対に駄目だろうか」

「そ……そこまでじゃねえけど」

つい気圧されてしまった霧也を、夏彦は半ば強引に、透明なアクリルのバスチェアに座らせる。

まったくもう、意味わかんねえ、とぶつぶつ言っていた霧也だったが、髪を濡らされ、優しくシャンプーを始められると、気持ちよくなってきた。

優しく泡立てられたシャンプーの、紅茶のような香りがバスルームいっぱいに広がり、それだけでも癒される気分になってくる。

——いつも思ってたけど、いいシャンプーって香りも安物とは違うんだなあ。それにシャワーも、水流が細かいっていうか、柔らかいっていうか。

コンディショナーまできっちり仕上げた夏彦は、今度はボディ用のスポンジを手にして、ボディソープを泡立て始める。

「本気で身体、洗ってくれんの？」

「ああ。そ、そうだが、ものすごく、どうしても嫌だったら言ってくれ」

なぜか夏彦は、緊張しているような声で言う。

「うん。了解」

なんでそこまでしてくれるんだ、という疑問は膨らむばかりだが、それはここでの生活全般すべてがそうだ。

なにより夏彦の手つきは、高級な果物でも洗うように、丁寧で優しい。

たっぷりと泡立てられた、クリームのようなソープで背中をこすられるのは、ひたすら気持ちよかった。

無条件に甘やかされる、優しくされる、尽くされる。その心地よさが日々、霧也の心をじわじわと侵食していた。

る。

夏彦は霧也の腕も片方ずつ持ち上げて、指先から脇の下まで、時間をかけて洗ってくれる。

やがてスポンジは首筋から胸を滑り、ふわふわの泡は下腹部へと流れていく。そうして。

「……っ、えっと、そこは」

霧也は足の付け根に滑り込んだ夏彦の手に、ビクッとなった。

「ここも、綺麗にしないと」

「えっ、ちょっ、まじで？」

夏彦は床に膝をつき、背後から拘束するように、霧也の股間に両腕を回してくる。

その手にスポンジは、いつの間にかなかった。

「駄目？　どうしても嫌か？」

甘く低い美声で耳元で囁かれ、自身を手で包まれるようにされて、霧也は動揺する。

「だっ、駄目ってことは、ねえけど、でも……っあ！」

変な声が出てしまい、霧也は慌てて両手で口をふさいだ。

「駄目じゃ、ないんだな？」

「っ、でっ、でも、そこは」

どっ、といきなり下腹部から熱がせり上がり、霧也は焦った。

焦る自分にますますうろたえるものの、自分の足の間に入っている夏彦の手を、拒絶できない。なぜなら。

——やばい。なんだこれ。すげえ、いい。

霧也は上を向いて、唇を噛んだ。そうしていないと、もっと大きな声が出てしまいそうだったからだ。

「霧也くん。触れられたら、反応してしまうのは仕方ないだろ。力を抜いて、リラックスしてくれ。こういう処理も、お世話の一環だ」

「んな、の、嘘、つけ……っ」

夏彦の指が、クリーム状の泡の中で巧みに動き、霧也のものはあっという間に、反り返るほどに熱を持ってしまっていた。

霧也は基本的に、性的なものに関して淡白なほうだ。

生理的に溜まれば自分で処理するが、積極的にガツガツと、性欲を満たすタイプではない。

——でも、なんだこれ。こんなに気持ちいいことって、あるのかよ。こ、この人……上手い……っ。

「っあ、あっ、駄目っ」

ぎゅっと目を閉じた途端、唇から甘い声が漏れてしまった。

バスルームに自分の声が反響して、カッと自分の頬が、これまで以上に熱くなるのがわかる。

——なんだ今の、いやらしい声。俺のか？

「駄目か?」

聞き返して、夏彦はぴたりと手の動きを止める。

それがもどかしくて、霧也は思わず、首を左右に振ってしまった。

駄目? ともう一度夏彦は、耳朶《じだ》を唇で挟むようにして囁《ささや》いてきた。同時に、熱い吐息が耳にかかる。

「っあ、や……っ」

「いや?」

「や、じゃ、ないっ、駄目じゃ……ない、から」

自身のものは、限界まで張り詰めてしまっている。

ぬる、と夏彦の指先がいじるそれは、ソープの泡だけではなく、先端からにじみ出た霧也のものだ。

「も、いく。いき、たいっ」

霧也は夏彦の手に、自分の手をかぶせるようにして、自身を上下に扱《しご》いてしまった。

恥ずかしいより、溜まった熱を吐き出したくて、どうにかなりそうだったのだ。

「ここが、いいんだね?」

カリの裏側を、爪の先できゅっと擦られると、もう耐えることはできなかった。

ビクビクッ、と大きく腰が跳ね、霧也は達してしまう。

「……っ、は、はあっ……」

うなじにかすかに、夏彦の唇が触れた感触があった。

夏彦は立ち上がると、まだ息が整わない霧也の身体にシャワーの湯をかけ、ソープの泡と一緒に放ったものを流していく。

「大丈夫かな？　湯船に入れるか？」

気遣う言葉をかけながら、脱力している霧也を支えるようにして、バスタブへと一緒に浸《つ》かった。

広いバスタブは、大の男がふたり入っても、縦にも横にも、ゆっくり足を伸ばせる広さがある。

その中で夏彦に、横抱きにされていた霧也は、ハッと我に返った。

間近に夏彦の、心配そうな、それでいて幸福そうに火照《ほて》った顔がある。

それが妙に、いつもよりずっと美男に見えて、霧也はうろたえた。

「あっ……おっ、俺！　ひとりで、入ってられるから！」

「ああ、うん。滑らないように、気を付けて」

「いや、えっと、やっぱり俺、もう出る！」

ざばっ、とバスタブを出ると、動揺しすぎていて、足元がふらついた。

「危ない！　つかまって」

急いで夏彦も立ち上がり、身体を支えてくれる。

けれど霧也は咄嗟に、その手を振り払ってしまった。

「触んな！　大丈夫だって！」

自分でも驚くくらい、大きな声が出た。

湯気の中で見た夏彦の表情が、一瞬ひどく悲しそうに見えて、ますます霧也は動揺する。

「と、とにかく出る」

早口で言って脱衣所に行くと、バスタオルを腰に巻きつけ、寝間着を持って、慌てて自室へと逃げこんだ。

「おいおいおい、ちょっと待ってくれ。なんだったんだ、今のは」

ざっと身体を拭いて寝間着を着ると、ぼすっとベッドに腰を下ろし、まだ濡れている頭を抱える。

——あの人のあれは、つまり、俺にそういう気があったってことか？　保護とか言って俺を一緒に住まわせたのも。俺が、つまり、恋愛対象っていうか、性的な対象なわけで、つまりそれが目的……？

「えええええ！　嘘だろ？」

霧也はベッドに、あお向けに上体を倒した。

それから大きな羽枕を、顔の上に乗せて抱える。

——待て待て。いいか俺、冷静になれ。よく思い出してみろ。最初は、ただ洗うって感じだったよな？　触られて、俺が勃てちまって、そしたらそんな処理くらいやってやる、みたいな感じで……。

駄目か？　と何度も聞かれた。甘い声が響くたびに、甘い痺《しび》れのようなものが身体を走った。

生々しい記憶に、うあああ！　と霧也は頭を抱えて悶絶する。

抵抗できなくなってしまったのは、あの声のせいだ。あれが悪い。

――だっ、だけど、仮にあの人が……ゲイだとしてもだ。こんだけ金があって、見た目にも恵まれてるのに、俺に目をつけるか？　わざわざ部屋まで提供して、猫まで一緒に世話してくれるなら、もっとこう、すげえ美形とか、アイドルみたいなのを選ぶだろ。

だからこれは、なにかの間違い。勘違いなのだ、と霧也が自分に言い聞かせていたとき。

コン、コン、とドアが控えめにノックされた。

緊張した霧也だったが、無視をするのも卑怯な気がして、顔から枕をどけ、返事をする。

「なっ、なんだよ。用があるなら、入れば」

上体を起こして言うと、夏彦が深刻な顔をして入ってきた。

まだ髪は濡れていて、前髪が下りているせいか、いつもよりずっと年齢が若く見える。

ベッドに座っている霧也の前に、ゆっくりと夏彦は歩み寄ってきた。

まるで、荷馬車に乗せられた子牛のような、悲哀に満ちた顔をしていて、背後にはドナドナの曲が流れていそうだ。

そして夏彦は、霧也の前でがくっと膝をつく。

「わ……悪かった。霧也くん。つい、調子に乗ってしまったんだ。きみがここでの生活に慣れ、私にも少し心を開き始めてくれていた気がして、風呂までは大丈夫かと。し、しかし、つい、それ以上のことを。きみもなんというか、気持ちよさそうにしていたし」

カッ、と霧也は自分の顔が、熱を持つのを感じる。

「あっ、あれは弾みだし！　ものすごく気持ちがよかったとか、それで我慢できなかったからとか、全然、そんなんじゃねえからなっ！」

どう釈明しようが、出てしまったものは隠しようがない。

正直、ものすごく気持ちよくて感じてしまっていたから、相手が男だと自制しようとしても、手の中に放ってしまったのだ。

しかし恥ずかしさのあまり、霧也は快感を覚えた事実を、教えたくなかった。

夏彦は、その言葉を真に受けて、悄然《しょうぜん》として俯く。

「ああ、そうだよな。こちらとしては、詫《わ》びるしかない。ただ、頼む。どうか嫌わないで欲しい。悪気はなかったんだ」

そんな夏彦を見ているうちに、霧也は申し訳なくなってしまった。

実はびっくりしたものの、嫌悪感を覚えたわけではなかったからだ。そしてそんな自分にも、驚いていた。

「いやっ、別に、その、弾みだった、って言ってるだけだろ。謝れって言ってねえし」

焦って言うと、えっ、と夏彦は顔を上げる。

「じゃあ霧也くんは、怒っていないのか？」

「……ああ、うん。怒るってほどのことは」

なんと答えていいのかわからす、もごもごと霧也は歯切れの悪い返事をした。

しかし夏彦の表情は、ますます雲が晴れるように明るくなっていく。

「私を、嫌いにもなっていない？」

「き、嫌う理由がねえよ」

「ボテくんのために、嫌なのを我慢しているわけでもないんだな？」

「なんだよそれ。考えたこともねえ」

「じゃ……じゃあ」

ごく、と夏彦の喉が動いた。

「ときどき……たまにでいい。あんなふうに、一緒に風呂に入ってもいいかな？」

「えっ。そっ、それは」

躊躇《ちゅうちょ》する霧也に、たちまち夏彦の表情は曇る。

「やっぱり駄目か。いや、いいんだ正直に言ってくれ。きみは優しいから、気を遣ってくれるだろうが、無理はさせたくないんだ。きみの思いやりの深さに、甘えるのは申し訳ない」

そんなふうに持ち上げられると、照れ性の霧也は、逆に反発してしまう。

「俺は優しくなんかねえ！　なんだよ、風呂くらい。一緒に入ったって、減るもんじゃなし。い、いつだって入ってやるよ！」

勢いで断言すると、夏彦はなんともいえない、至福の表情を浮かべる。

まるで天国の花畑で、極上の酒でも飲んでいるような、嬉しそうな顔だ。

「ありがとう。霧也くん」

感謝の言葉に、霧也はなんと答えていいかわからずに、痒くもない頭をひたすらガリガリとかくしかなかった。


霧也は、かなり頭が混乱してしまっていた。

いつものように、隣室のボテを抱っこしてベッドに入れると、腕枕をしてやる。

その喉から出る、ぐるるーという低い音を聞きながら、霧也は溜め息をついた。

「なあ、ボテ。俺ますますわかんなくなってきた。あいつが俺にやりたがることを許すだけで、すげえ嬉しそうにされるんだよ」

小さな声で話しかけると、ボテの耳が、びるっ、と震えた。

「いや、わかんなくなってきたのは、俺かな。だって俺は、女が好きなはずだし。こう見えて、学生のときは告白されたりして、付き合ったこともあったんだぜ。……なんかつまんねえとか言われて、別れたのも早かったけど」

女友達は、それなりにいた。施設の友人も含めて、ちょっと派手なグループに属し、夜も遊び歩いたりしたものだ。

もっとも学生時代から、許可されたアルバイトをやっていたため、極端にはめを外すことはしていない。

保護猫カフェに、たまに手伝いをしに来る灰崎などは、相当に遊んでいたようだ。

それでも今は、見た目のちゃらさに反して、真面目に働いているらしい。

——今より、あいつらとつるんでたときのほうが、いろんな連中と関わりがあったけど。

男とどうこうなんて、一度も考えたことがなかったな。……そう。アリとかナシとか以前に、想像もしたことがなかったもんなあ。

霧也はまだ見慣れない、汚れ一つない天井を眺めながら考える。

——夏彦さんに、さっ……触られて、確かに、嫌じゃなかった。なんていうか、気持ちよさに流されたというか。でもそこからして、おかしいよな。俺にもともと、そっちの気があったのか……？

他の男に触られたらどうだったのだろう、と霧也は想像してみた。

灰崎をはじめとした、友人たち。保護猫カフェのオーナー。他のスタッフ。

目を閉じて思い浮かべた瞬間、口がへの字に曲がる。

「ないない、絶対ない！　気持ちよくなる前に、ぶん殴るか爆笑するかのどっちかだ」

思わず声に出して言うと、なに？　というように、ボテがこちらを見つめる。

「あ。うるさかったな、悪い」

霧也はよしよしと、その小さな額を撫でた。

――しかし。ということは。夏彦さんだから、嫌じゃなかったってことか？　あの人、俺にそういう気があったから、一緒に住むよう頼んだのかな。つまり、下心があって。まあ、だとしてもあの調子だと、俺がきっぱり拒絶したら、関係が進展することはないだろうけど。

うーん、と霧也はボテの丸い背中を撫でつつ、さらに頭を巡らせる。

――夏彦さん限定で、俺にそっちの気がある、って可能性はどうかな。いや、でも俺、あの人とやりたいとか、そういうのはやっぱり考えられねえなあ。

改めて思い返してみると、夏彦の声は好きだと思う。

甘い美声で、耳元で囁かれると、なんともいえずゾクゾクした。

身体は綺麗に筋肉がついていて、マッチョというほどではないが、均整のとれた体格をしていたと思う。

洗われている最中、あの身体に背後から抱きすくめられるようにされて、気持ち悪いとは一度も思わなかった。

――それになあ。顔がずるいほど男前なんだよな。全然女っぽくはないんだけど、黒目がでかくて、妙に色気があるっていうか。とにかく、そのせいかどうかはわからねえけど。

ふう、と霧也は再び溜め息をつく。

吐息が耳にかかったのか、ぴるぴるっ、とボテの耳が震えた。

ごめん、と苦笑して、霧也は目を閉じる。

――あの人は、精いっぱい俺を大事にしてくれてる。多分、俺が望んだことはなんでもしてくれて、嫌なことは絶対にしない。それを俺は……なんだろうな、これ。

その気持ちを、どう言葉にしていいのか、しばし霧也は考えた。

――ずっと眠っていなかったところに、ふっかふかの雲の布団が用意されていて、そこにすっぽりくるまったみたいな感じ、かな。

おそらく心を許しても、いつかの野良猫のように、夏彦は消えない。

身を委ねれば、絶対に受け止めてくれるという、安心感があった。

――自分がゲイかどうかなんて、考えたことねえけど。俺はあの人の傍にいるのが、嫌じゃない。手でいかされて、感じまくって、それも嫌じゃなかった。今も、思い出しても……。

「うっ、ヤバイ！　な、なんか違うこと考えよう。店の募金箱に万札入れてくれた爺ちゃん、今元気にしてるかなー？　とか！」

そうでもしないと、下腹部に熱が溜まってしまいそうだった。

大切にされ、甘やかされ、愛されるということ。それを霧也は実体験として、生まれて初めて知った。

その人となら肉体の快感を、分け合ってもいいと思えてしまう。

この気持ちは、なんなのだろうか。

「……知るか！　助けてくれ、ボテ！」

すりすりと、霧也は丸くてボテッとした顔に、鼻を摺《す》り寄せる。

「んみゃあ、うう」

そんなことを言われても、というように、ボテは迷惑そうに尻尾をパタパタさせた。

はあ、と何度目かの大きな深い溜め息をつき、霧也はなかなか寝付けそうになかった。

◆◆◆

自分のマンションに、霧也を保護という名目で住まわせた夏彦は、幸福の絶頂にあった。

——愛しい相手に存分に栄養を摂取させ、健康を管理し、衣類も身の回りのことも整えて、最高のものを提供する。これだったんだ、私が求めていた生きがいは！

とはいえ、別に霧也を自分だけの、鳥かごに閉じ込めたいわけではない。

——なぜ彼だったのか。それが最近、はっきりとわかってきたような気がする。

一緒に暮らすうちに、ちょっと悪そうな青年が猫を可愛がるというギャップ以外に、どうして霧也にここまではまってしまったのか、夏彦は少しずつ実感するようになっていた。

——彼は猫に関してだけ、愛情を与えていた。けれど、受け取る部分に関しては、大きな空洞があったんだ。

霧也は本当に、なにも知らなかった。

優しくされること。食事を作ってもらうこと。ちょっとしたものを、買い与えられること。

それらすべてを、いくらつぎ込んでも満たされない大きな空洞が、霧也の中にあるように感じられた。

――だから彼は私の与える愛を、無尽蔵に受け止めてくれる。それがこんなにも、私に充足感を与えてくれるものだったとは。

霧也は相変わらず、保護猫カフェで働いている。

衣食住に、まったく不自由がなくなっても、猫たちを愛し続ける気持ちが変わらない霧也を、夏彦はますます愛しく感じた。

そして夏彦もまた以前と同じように、昼食時や仕事の合間に、猫カフェに顔を出している。

カウンターに近く、猫より霧也の姿がよく見える席が、夏彦の定位置だ。

そんな日々の中で、少しだけ心配なことがあった。それは。

「いたいた、今日も霧也くんローテの日」

「ここは猫だけじゃなくて、店員さんも目の保養になるのがいいよねえ」

女性客の言葉に、夏彦はピクッと反応する。

髪型を今風にすっきりとカットし、栄養に恵まれて肌艶もよくなった霧也は、誰の目にも見映えがよくなったらしい。

さらに、シンプルなものとはいえ、シャツもジーンズもスニーカーも高価なブランド物でそろえたせいか、細身の体躯《たいく》をすっきりと際立たせていた。

おそらく、そのせいだろう。霧也目当てと思われる女性客が、このところ増えた気がするのだ。

「いつものでいい？」

こちらがやきもきしていることなど、知る由もない霧也は、ふらりと寄ってきてオーダーを取る。

「あ、ああ。アイスコーヒーを」

「なんか言いたそうな顔してるけど、どうかしたか？」

「そうだな。シャツのボタンを、上までしっかり留めたほうがいい。つまり、露出が高すぎる」

はあ？　と霧也は思い切り顔をしかめる。

「別にいいだろ。ガキじゃねえんだぞ」

「嫌ならいいが。そうだ、おやつをひとパック貰おう」

夏彦の言葉に、霧也は首を傾げつつ、カウンターへと戻った。

その仕草すら、可愛くてたまらない。

「あの人さ、常連客さんだよね」

「かっこいいよね、全身からリッチなオーラが出てるっていうか」

「あれで猫好きっていうの、私の中でポイント高いかも」

ひそひそと話す女性客の声は、夏彦の耳に入っていた。が、もちろん嬉しくなどない。

——なにを言う、浮気女どもめ！　私などに目移りするヒマがあったら、霧也くんを見ろ！　その眼球に焼きつけるほどに凝視しろ、勿体ない。

まったく、と憤慨していると、霧也がアイスコーヒーと、猫用おやつを持ってくる。

「なおーう」

「にゃーおう、あおう」

おやつの匂いを嗅ぎつけて、二匹の大きな猫が駆け寄ってきた。

「ほら、おやつ。あげてやって」

霧也から渡された、柔らかなチキンらしきものを手にすると、はむはむと猫たちが夏彦の手に顔を埋める。

——確かに、こうして懐かれると可愛いものだな。霧也くんの域には、まだ達しないが。

自宅での、ボテに対する献身的な霧也の世話焼きぶりには、少し妬《や》けてしまうくらいだ。

ボテにはどうも、西洋猫の血が混じっているらしく、日本猫より随分毛が長い。

だから毎日、丁寧にブラシをかけて抜け毛を取り、肉球の間の毛もカットしていた。

年寄りの猫なので、歯石にも気を遣い、ガーゼをぬるま湯に浸《ひた》して、目ヤニを取り、目薬まで差している。

あれを見ていると、ちょっと可愛いと思ったくらいの感覚で、ペットを飼うのは難しいのだな、と夏彦は感じていた。

けれど、そんなふうに猫に尽くす霧也の姿は、夏彦にとって神々《こうごう》しくさえ見える。

——霧也くんの口調はぶっきらぼうで、仕草もまだ少年らしさを残した自然体で、ちょっとだらしなかったり、怒りっぽかったりもする。だが、きみが喜ぶ顔が、私は好きだ。きみが嬉しいと思ってくれるなら、なんでもしたい。

そうか、と夏彦は、猫にさえ聞き取れないほど、小さな声でつぶやいた。

——これが、人を愛する、ということなのかもしれないな。

改めて言葉にしてそう考えると、胸がジンと、熱くなった。


「今日は、私がボテくんのトイレ掃除をしよう」

この日、夏彦は取引先との会合が早めに終わり、予定よりも早く帰宅した。ちょうど霧也も帰宅したところで、ボテの部屋に入ったところ、鉢合わせをしたのだ。

夏彦の提案に、霧也は複雑な顔をする。

「えっ、いいの？　そのスーツで？　したいなら、してもいいけどさ。やり方、わかるか？」

「ああ、きみがやるのを何度も見ているからな。それに、ボテくんだって保護したからには、私も世話をするべきだろう」

夏彦が言うと、霧也は肩をすくめ、くすっと笑った。

なんだか小さな花が咲いたみたいに、愛らしい笑顔だと夏彦は思う。

「どういうつもりか知らねえけど、だったら俺が夕飯を作るよ。なんでもいいか？」

えっ、と夏彦は目を瞠《みは》る。

「きっ、霧也くんが、夕飯を作ってくれるというのか？　私の分も？」

「当たり前だろ。たいしたもんはできねえけど」

待ってくれ！　と大急ぎで夏彦は専属料理人に連絡を取り、今日は有給休暇を取っても
らうことにする。

「よ、よし。じゃあ今夜は、きみの手料理を食べさせてらうことにするよ。なんでも、冷
蔵庫の中のものを好きに使うといい。冷凍庫に肉もあるはずだ。調味料の場所はわかるか
い？」

「ああ。そんな凝《こ》ったもん、作らねえから。じゃあ、トイレのほう、よろしく！」

言って部屋を出て行く霧也の後ろ姿を、夏彦は満面の笑みで見送った。

「今夜は霧也くんの手作りご飯だ。どうだ、羨《うらや》ましいか？」

んなあ、と肯定とも否定ともわからない声で、ボテが鳴く。

「まあ、妬くな。その分、頑張ってトイレを綺麗にしてやるから」

夏彦は猫トイレの前にしゃがみ、いつも霧也がやっているように、備え付けのプラステ
ィックの小さなスコップで、固まった猫砂を排除し始めた。

「あ、しまった。砂より先に、大きなブツを処理しないとな。これはトイレに流せるのか

な。猫砂の説明書には、そう書いてあるが」

「んー、なあ」

早くしろ、と言うように、ボテが額でぐいぐいと、すねを押してくる。

「まあ待て。私は慣れていないんだから、霧也くんほど手早くはできないんだ。いいじゃないか、いつもあんなに大事にされているんだから、少しくらい我慢してくれ。私は正直、ちょっとボテくんが羨ましいこともあるんだぞ」

「んなあ？」

「抱っこされて優しく撫でられて、鼻と鼻をくっつけて、あんなに幸せそうな顔をさせてしかも！」

夏彦はスコップを持った手に、ぐっと力をこめる。

「一緒に眠っているじゃないか。寝顔を間近に見て、寝息を耳にしながら、霧也くんの温もりを満喫しつつ腕枕で眠っているんだろう？　きみは、自分がどれだけ恵まれているか、わかっているのか？」

わかっていないらしく、ボテは後ろ脚で、バリバリバリと耳の後ろをかき、ぶわっと毛が舞い散った。

はあ、と夏彦は溜め息をつく。

「きみはいいな。霧也くんからの愛情を、当たり前のように一身に受けて。私はいろいろ心配なんだよ。彼は猫カフェで、さまざまなお客さんと接する。その中には、霧也くん目当ての人もいそうでね。変な虫が付いたら困る。その点については、きみもそう思うだろ？」

同感だ、というように、ボテはむっくり起き上がると、ぴんと尻尾を立て、夏彦の周囲を身体を摺り寄せながら歩いた。

「おお、わかってくれたか。よし、トイレ掃除ももう終わるぞ。あとはここを、シートで綺麗に拭いて、と」

ザーッと新しい猫砂を補充すると、早速ボテはトイレに入り、気持ちよさそうに用を足す。

終わると出てきて、ざっざっと後ろ脚で砂をかけ、んにゃ！　と夏彦を見て一声鳴いた。

「私の掃除ぶりを、お気に召していただけたようだな。よかった。なあ、ボテくん」

夏彦は初めて自分から、ボテの眉間をそっと撫でる。

「私たちは仲良くなれそうだな」

「んんー。みゃう」

ボテは夏彦の手を、ペロリと舐めた。

「うん。どちらもともに霧也くんを愛する、ライバルであり、友人だ。これからも、よろしく頼む」

夏彦の言葉に応じるように、にゃっ！　とボテはまた一声高く鳴いた。

よしよし、と夏彦はもふもふした全身を、優しく撫でてやる。

──なるほど。心を通わせれば、見た目がこれほどまでに違っても、愛らしく感じるものなんだな。

夏彦は、霧也がなぜそんなにまで深く猫に無償の愛を注げるのか、その理由が日に日に理解できるようになっていた。


「なんか適当に、冷蔵庫の中のもの使ったけど。いいんだよな？」

「あ、ああ。もちろんだ」

夏彦がダイニングテーブルのある、リビングと一続きの広いキッチンへと行くと、すでに夕食の大半は出来上がっているようだった。

「野菜はともかく、肉がやたらといいものみたいだったから、使っていいのかちょっと迷ったけど」

「専属の調理人や、たまに来るシェフたちが利用しているものだからな。ものはいいんだろう。だが、きみに使ってもらったほうが、その価値は増す！」

「あんたのそういうとこさあ、なんかわけわかんねえっていうか、面白い」

霧也は笑いながら言って、鍋から豚汁らしきものを、深い器へと盛った。

「なんか、でかい肉をドーンと使うのはさすがに悪いから、ちょっとだけ使った」

「悪くなどないのに。しかし、いい匂いだ」

「そうか？　肉はもちろん、味噌とかも材料は高級なんだろうけど、俺が作ると貧乏くさくなるんだよ。あと、この炊飯器、機能が多すぎて使い方がよくわかんねえ。とりあえず飯炊いたけど。……不味くても我慢しろよな」

言って霧也は、フンと鼻を鳴らす。

けれどその耳と頬はうっすら赤く、しきりと卑下《ひげ》するようなことを言うのは、照れているからだと夏彦は察した。

「そんなことはない。美味しそうだよ」

「なあ、うー」

とことことボテもついてきて、夏彦の足元で鳴く。

「おっ、ボテも来たのかよ。夏彦さん、おやつ箱から、なんかやって」

「あ、ああ」

キッチンにあるボテ用おやつ箱には、フードとは別に、いろいろなものが入っている。

夏彦がそこから、小さなパウチ状の袋に入ったペーストをボテにやっていると、霧也はテキパキと、テーブルに皿を並べた。

「一応、できた。食おうぜ」

うながされ、夏彦はシャキッと背筋を正し、ダイニングテーブルの霧也の正面に座る。

並んでいたのは、ほかほかの白米と豚汁。それに、きんぴらごぼうだ。

夏彦は目を輝かせ、両手を合わせた。

「いただきます！」

おう、とぶっきらぼうに相槌《あいづち》を打って、霧也も箸を手にする。

まずはきんぴらと白米を口に入れ、美味い！　と本気で夏彦は叫んだ。

「このきんぴら美味しいよ、霧也くん。風味のよさは、ごま油か。ピーマンも入っているんだな。苦味が甘さに、ちょうどよく絡んでくる」

「……そっ、そうかよ。じゃあ、まあ、よかった」

「ご飯もふっくらしてるし、艶もある」

「そりゃ、炊飯器のおかげだろ」

「豚汁も美味い！　肉の油の甘味が、味噌にすごくよく合うよ」

「材料がいいからな」

「それにこの、ごぼうの食感も……」

「もういいからっ、黙って食えよ」

憮然として夏彦の言葉を遮った霧也の顔は、食事が進むにつれて、どんどん赤くなっていった。

――やはり照れているようだな。ああ、なんて可愛いんだ。

夏彦は素朴な、それでも本当に美味しい夕食を、いくらでも食べられると思いながら、口にしていた。

ボテはテーブルの下で、ボテッと横になり、時折こちらを見ながら毛づくろいをしている。

しばらくは広いキッチンに、互いが食べ物を咀嚼《そしやく》するかすかな音と、箸と食器が触れ合う音だけが聞こえた。

——こんな心温まる晩餐を、私は知らなかった。きみが教えてくれたんだ、霧也くん。

夏彦が白米をお代わりしようと席を立つと、気付いた霧也が、ん、と言って手を伸ばしてくる。

「飯だろ。茶碗、寄越せよ」

「いや、きみは座っていてくれていい。自分でやるよ」

申し訳なく思って言う夏彦に、霧也は立ち上がると、サッと茶碗を奪うようにして、白米をよそった。

ほら、と突き出された茶碗を受け取る夏彦は、霧也の優しさに感動してしまう。

——なんて的確に、計算されたように私のツボをついてくるんだ、霧也くんは！　この恥ずかしがりつつ、親切にしてくれるといういじらしさ。これがもう、どうしようもなく可愛い！

ジーンとしている夏彦に、ほぼ食べ終えたらしい霧也が、ぼそっと言った。

「……あのさ」

「うん？　なんだい」

霧也は箸を置き、俯きつつ、少し上目遣いでこちらを見ながら言う。

「俺。こうやって、なんていうか。家で食卓を囲む、って感じ、知らねえんだ」

「……そうか。きみには、ご家族がいないと言っていたからな」

うん、と霧也はうなずく。

「施設だと、しゃべるの禁止で、時間の決まった給食って感じだったし。ひとり暮らしになってからは、ずっとひとりで飯食ってた。別に、それを嫌だとか思ったことは、なかったんだけど。こうやって」

霧也は、テーブルの上を見て、次にその下にいるボテを見る。

「俺の作った飯を、美味い、美味い、って食ってもらって。すぐ傍に、可愛がってる猫がいて。これまで考えたこともなかったけど、ああ、俺はこういう場所にいたかったんだ、って気付いたんだ」

自分を恥ずかしそうに見つめるその目が、わずかに潤んでいるように見えて、夏彦はかつてないほどの衝撃を受けていた。

心臓に砂糖細工でできた矢が、ずぶりと深く突き刺さったような、甘く鋭い痛みを感じていたのだ。

初めて霧也を見たときにも、胸がキューンと締めつけられる感覚があったが、それをはるかに超えている。

完全に撃沈され、霧也という青年の接着剤並みの粘度を持つ沼の底にはまった、と夏彦は確信した。

──う、生まれてきてよかった！　金持ちでよかった！

夏彦は頭の中で絶叫する。

──神や運命というものが存在するのなら。私の社会的地位も、資産も、なにもかもすべてが、今日のこの日のために与えられたものに違いない！　私の中に眠っていた、人間らしい感情。ほとばしる愛情を、きみが発掘してくれた。そして誰にも、どこにも向けられなかったその想いを、すべてきみが受け止めてくれる……。

感動のあまり絶句してしまった夏彦の反応を、呆れているとでも勘違いしたらしい。

霧也は小さく舌打ちし、恥ずかしそうにそっぽを向いた。

「なっ、なんだよ、珍獣でも見るみたいな顔しやがって。そりゃ、大事に育てられたお坊ちゃんのあんたには、わかんねえかもしれないけど」

「そっ、そんなことはないっ」

夏彦は慌てて否定した。

「私は両親を人格的に尊敬しているし、確かに、物質的にはなに一つ不自由のない暮らしをしてきた。しかし、両親はともに多忙だったから、家族の団欒《だんらん》というものは、私もほとんど経験できていない」

「へー。金持ちでもそうなのかよ？」

「食事はほとんど、家政婦さんが作ってくれていた。私は習い事や家庭教師との勉学に時間を取られ、両親も仕事が忙しく滅多《めった》に時間が合わなかったから仕方がないが食べるのもひとりが多かった」

そっか、と霧也は納得してくれたのか、視線を夏彦に戻した。

「俺には想像もできない世界だけど。いくら金があってもそれだけじゃ、子供にとって楽しい家庭、ってわけじゃないだろうしな」

「感謝はしているが、楽しい家庭だったかと言われると、そういう感情は薄かったな」

夏彦はこれまで、自分の幼年期というものを、あまり振り返ったことはなかった。

けれどこうして考えてみると、ものと知識を豊富に与えられつつ、多忙な両親とのスキンシップを求めていたのかもしれない。

そして夏彦は、ふと思いつく。

――いつか機会があれば、頼んでみようと思っていた、あのこと。互いの幼少期の環境が、まったく違いながらも、愛情の行き場を求めていたという、共通点を見出した今ならば。もしかしたら了承してくれるかもしれない。

「き、霧也くん！　実は、お願いがあるんだ」

「ああ？　なんだよ、後片付けなら、最初からやるつもりだったぜ」

「いや、それはむしろ私がやる。そうではなく、つまり」

すう、と息を吸い、思い切って夏彦は言う。

「私も家庭的な感覚というものを、もっと味わいたい、と思っているんだ。だから、今夜。い……一緒に眠ってくれないか」

「俺と？　同じベッドでってこと？」

ベッドという単語に、下心を読まれている気がして、急いで夏彦は釈明した。

「つまりあれだ！　川の字、というやつだ。ボテくんを真ん中にして。私のベッドなら、キングサイズだからな。ゆったりと、くっつかずに眠れると思う。どうかな」

「あっ、そ、そうか。川の字。なるほど」

霧也はしばしとまどうように、宙に視線をさまよわせた。

どんな返事をされるだろうかと、夏彦は緊張に頰を強張らせた。

霧也はまた恥ずかしそうに横を向き、赤い顔でぼそっと言う。

「……イビキがうるさくないなら、別にいい」

返ってきた嬉しい答えに、夏彦は心の中で、うおおおおと歓声を上げていた。


——とても眠れん。

その夜、約束どおり霧也は枕を抱え、夏彦の寝室にやってきた。

その身体から、自分と同じシャンプーとボディソープの香りがして、夏彦は胸も下半身も熱くなる。

が、そちらはグッと我慢した。

「そら、ボテ。ここに寝るぞ。俺と一緒なら、ここでもいいだろ？　……夏彦さん。ドア

は開けて寝るけどいいよな。ボテがトイレに行くとき、閉まってると困るから」

「あ、ああ、なるほどな。もちろんそうしてくれ」

「場所わかるよな、ボテ。水もいつもの場所にあるからな」

霧也はボテに優しく言い、そっと抱っこをして、大きなベッドの真ん中に乗せる。

ボテはそこであくびをして、長いこと毛づくろいをしてから、身体を丸めた。

「よし。じゃあ、寝よう」

そう言って横になり、リモコンで夏彦が電気を消してから、すでに一時間近くが経過している。

夜でも廊下を含め、全室空調をきかせているため、かけているのは薄いブランケット一枚だ。

霧也の上にかけられたそれが、身体の形を浮き上がらせ、寝息と一緒に上下している。

――バスルームで、触れたあとのとき。痩せていたが、綺麗な身体だった。肌も滑らかで、色が白くて。あの肢体が、すぐ隣にある……！

横目で霧也を見ながら、夏彦はまったく眠いという気持ちになれなかった。

――この寝室の空気が、霧也くんの寝息で満たされていく。なんて素晴らしいんだろう。

勿体なくて換気をしたくないくらいだ。保護猫カフェに通い詰め始めてから、数か月。長かったが、時間をかけたかいがあったというものだ。

はああ、と夏彦は満足の溜め息をつく。

――夕食のときの言葉でわかった。おそらく霧也くんは自分でも意識していないだろうが、寂しかったんだろう。そんな自分と野良猫とを、重ねていたのかもしれない。ああ。知れば知るほど、彼が愛しくなっていく。また触れたい。抱き締めたい。

よし、と夏彦は、決意を新たにした。

――私は全身全霊で、霧也くんを愛そう。彼のために尽くし、それを生きがいとする。彼が私の気持ちを受け入れることで、幸せに繋がるならば、こんなに嬉しいことはない。だとすれば、気になることは早めに処置しなくてはな。

ぶしゅっ、とボテが小さなくしゃみをし、もぞもぞと寝返りを打つ。

その丸い背中を撫でてやりながら、夏彦は霧也には決して見せない冷酷な目をして、ある決意をしていた。

その翌日。

自身の仕事と、霧也の店に通うので忙しい夏彦だったが、この日は猫カフェに行くのを諦めて、時間を作った。

まさに野暮用ができてしまったからだ。

自社ビルのフロア最上階にある部屋で、書類にサインをし終えた夏彦は、秘書に確認を取る。

「今日の午後、時間は空《あ》けてあるな?」

「はい。しかし塩村《しおむら》商会から、なんとか今週中に商談の時間が取れないかと、再三連絡が来ているようですが」

マホガニーのデスクの前、直立不動できびきびと言う秘書に、夏彦は冷たい声でぴしりと言った。

「断れ。延期でなく、うちにその意志はないと、はっきり伝えろ」

「ですが……よろしいのですか。お母さまのご友人のご紹介、とおっしゃっていましたが」

こういう話は、珍しくない。

父親の昔の部下の息子、母親の遠縁の知人、またその親類や友人など。

さまざまな縁故をたどって、契約を取りつけようとする者たちがいる。

そしてそれらは、ほぼすべて、両親から直接頼まれていない限りは、断っても支障がない程度の繋がりだった。

「それは、無関係という関係に等しい。ざっと調べたが、実のある取引はできないようだ。投資に手を出して、経営が危うい。だから必死なのだろうが、相手にするのは時間の無駄だ」

夏彦は改めて、ジロリと秘書を一瞥《いちべつ》する。

「きみもそろそろ、私のやり方を覚えてくれ。非合理な雑音は、一切不要だ」

秘書は一瞬、慌てた表情をしたが、すぐに冷静に応対する。

「了解いたしました。今後は、取り次ぎいたしません」

そんなことより、と夏彦は壁の時計を見る。

「ランチの予約は入れてくれたか」

「はい。十二時から、鮎山《あゆやま》を押さえてあります」

「では、そろそろ向かおう」

夏彦は言って、書類の束を秘書に渡した。

夏彦の父親から思いがけない内容の電話があったのは、二日ほど前のことだ。

それは夏彦にとって、面倒でしかない内容だったが、放置もしておけなかった。

——霧也くんのために、あの話は片付けておかなくては。

ネクタイをきちっと締め直し、夏彦は会社を出る。

そして車で向かったのは、個室のある会石料理の店だった。


「お久しぶりです、三橋《みはし》さん」

一枚板の座卓を挟み、夏彦の正面に座っている女性。それは大学時代の同級生であり、取引先の娘でもある、三橋桃花《ももか》だ。

「やだ、夏彦さんたら。三橋さんなんて呼び方、すごく他人行儀に聞こえるわ」

長い髪を耳にかけながら言う桃花は、綺麗な顔立ちをしている。が、今の夏彦にはどんな美男美女も、へのへのもへじと同じに見えた。

「申し訳ない。しかし、数年ぶりだし、きみも私のことなど忘れていると思ったが」

「全然。ずっと覚えていたし、どうしてるかなって、いつも考えていたのよ」

嘘だろうな、と夏彦は身も蓋もなく考える。桃花とは以前、一度だけふたりで食事をしたことがあった。

別に、互いが親しかったからではない。親同士の仕事で接点があり、早い話が利害の一致を鑑《かんが》みて、互いの息子と娘を結びつけようと企画された食事会だ。

夏彦は親の思惑を察していたし、桃花も理解していたはずだ。

親の顔を立てるため、一応は食事をともにしたが、その場で桃花は言ったものだ。

『私、海外で事業を始めたいと思ってるんです。だから、夏彦さんがどうこうということではなくて、ひとりの男性に縛られるなんて、まっぴらなの』

それは夏彦にとっても、肩の荷が下りる言葉だった。

まだ結婚になど興味はなかったし、先々するとしても、それは跡継ぎを残すという、会社への義務感からになるだろうと考えていた。

いずれにしても、わずらわしい厄介《やっかい》ごと、という認識しかなかったのだ。

だから喜んで、夏彦も当時の桃花に賛同した。

『それならよかった。さっさと食事をして、それぞれ自分のすべきことをしよう。親の事情に身を捧げるには、お互いまだ若すぎる』

ところが、そんな桃花の両親から夏彦の両親を通して、再び会食の場を持ちたいという連絡があったのだ。

なにごとかと理由を尋ねると、桃花が帰国して、そろそろ身を固めたがっているという。かつては婚約までいきかけたのだし、などと親に言われ、急いで夏彦は断る機会を設けることにした。

それが今日の、ランチだったのだ。

互いの前に、前菜が運ばれてきたが、夏彦は食べるつもりはない。すぐに、率直に切り出した。

「どうぞ、食事を進めてくれ。悪いがこちらは、あまり時間がない」

夏彦としては、早いところ片付けて、すぐにでも猫カフェに行きたい。

「あら。ひとりで食べさせるつもり？　寂しいわ」

桃花は笑顔で言うが、その表情はどこかぎこちない。

こちらの断る気満々の意図に薄々気が付き、不安を感じ始めているようだった。

「夏彦さん。もしかして、将来をお約束した、女性でもいらっしゃるのかしら。一応、お父さまにお尋ねしたら、把握していないとおっしゃっていたけれど」

「ああ。そういう女性はいないが」

そう、と桃花は、ホッとしたような顔をして箸を置く。

「よかった。私ね。海外で事業に失敗して。なんだかもう、疲れてしまって」

桃花は、艶やかな黒髪をさらりとかき上げた。

「そしたら、あなたのことばかり、思い出すようになっていたの。親のことだけじゃないわ。釣り合いも、男性のタイプとしても、結婚を前提としてお付き合いするなら、あなたが一番いいな、って」

美しく、親が資産家で頭のいい桃花は、おそらく相当にもて、ちやほやされてきたのだろう。自分が選ばれることに慣れ切っているのか、こちらを誘惑するような流し目を送ってくる。

だがもちろん夏彦は、そんな桃花に一片たりとも、興味を引かれることはなかった。

――冗談ではない。第一、可愛くない。全然キュンとしない。顔を赤くしてちょっとだけ甘え、別に嫌ならいいけど、と拗ねた口調で横を向く。そんな霧也くんに比べたら、ミジンコほどの魅力もない。

「そうか。私はきみのことなど、すっかり忘れていた」

悪気からではなく、正直に言った夏彦に、桃花はサッと顔色を変えた。

「そ……そんなことはないでしょう？　一時期は、婚約の話もあったじゃないの」

「婚約？　親の顔を潰さないために、一度食事をしただけの関係だ。きみもそう承知していると思っていたんだが」

「そうだけれど、あれはお見合いの場でもあったはずよ。そして、お友達から始めましょう、ということになって、正式には、お断りはどちらもしなかったわ」

確かに、それは本当だ。だが波風を立てないための、円満な終わらせ方というだけで、実際には友達付き合いすらろくにしないまま、大学を卒業した。

「ならば今、正式に断らせてくれ。迷惑だ」

夏彦は料理に一切手を付けないまま、立ち上がった。

「待って！　あなたの年齢からしたって、そろそろ結婚を考える時期でしょう？　ご両親はなにも言わないの？　私は志賀峰家にとって、条件的に相応しい女だと思うわ」

勝ち気な桃花は、まだ諦めなかった。口調は媚《こ》びるものから、冷静な、人を説得するものに変わっている。

「ご両親のために、跡継ぎだって必要なはずよ。誰もいないのであれば、会社のために、割り切って考えてみてくれないかしら」

「自分から望んで政略結婚をしたいのか？　変わっているな、きみは」

「政略結婚なんて言うと、確かに聞こえは悪いけど。愛なんて一時的な感情に過ぎないわ。結婚は、条件で選ぶもの。あなたのように聡明な男性なら、理解しているはずだわ」

桃花もかなりの決意をして、この場に来たらしい。

いくら話しても埒《らち》が明かないと感じ取り、夏彦は一計を案じた。

すっ、とスマホを取り出し、桃花の親に直接連絡を入れたのだ。

「……お久しぶりです。はい、夏彦です」

「ちょっと、なにをするつもり？」

不安そうに見上げる桃花をちらりと一瞥して、夏彦は続ける。

「今、鮎山に桃花さんといるのですが。……はい、お付き合いの件で。恐縮ですが、お断りさせていただきます。ご本人は納得がいかないようなのですが、時間がありませんので、お電話させていただきました」

桃花の父親は、驚いたようだったが、さほど話のわからない人ではない。

桃花の気性と、海外事業で失敗した経緯を知っているせいか、やれやれといった様子で承知してくれた。が、本人は違う。

「お父さまに連絡したの？　いくらなんでもひどいわ、夏彦さん！　私に恥をかかせて！」

憤慨して彼女も立ち上がる。暴力でも振るわれたら厄介だ。スマホを内ポケットにしまった夏彦はくるりと身をひるがえし、背を向けた。

「待って！　まだ話は終わっていないわ」

「時間を無駄にするのは、お互いのためにならないと思うが」

霧也に対しては、決して出したことのない冷徹な声で言い、夏彦は個室の襖《ふすま》を開ける。

「これきりにしてくれ。二度と連絡しないで欲しい。今日は、それを言うためだけに来た」

それでもまだ、背中に声がかけられる。

「──待って、夏彦さん。私、諦めないから！」

何年も会っておらず、連絡すら取っていない相手。それが自分の都合だけで、婚約すると勝手に決めつけられても、知ったことではない。

夏彦は廊下に出て、ピシッと襖を閉めた。

そして、なにか料理に不備があったのかと、しきりと恐縮する仲居に、急な仕事ですと謝罪して、店を出たのだった。

◆◆◆

「そら見てくれ。今朝は我ながら、上手くできたぞ！」

ようやく霧也も雰囲気に慣れてきた、明るい広々としたダイニングテーブルでの、朝食タイム。

夏彦は玉子焼きを皿に乗せ、嬉しそうに霧也に見せてくる。

最近は、料理人やシェフを利用せず、どちらかが料理をする日が増えていた。

多少は失敗することもあるのだが、夏彦は霧也の失敗を、絶対に怒らない。

だから霧也も夏彦が失敗しても、あまり気にならなかった。

もちろん、いくらでも代わりの食材があるという、贅沢な夏彦の家の冷蔵庫事情もある。

──俺の朝飯のイメージって、なんとなく灰色だったんだよな。

ふと霧也は、そんなことを考えた。

霧也が育った施設の食堂は、窓がとても小さいうえに日当たりが悪く、壁は薄汚れ、朝でも暗かった。

けれど夏彦の家での朝の食卓は、たとえ雨の日でも眩しいほど明るく感じる。

そしてテーブルだけでなく、棚やカウンターにも、どっさりとみずみずしい花が生けられていた。

そのせいなのか朝起きて、このダイニングテーブルの椅子に座ると、明るい一日が始まるような錯覚に陥るのだ。

そんなことを思いつつ、霧也は夏彦の作った玉子焼きを、口に運ぶ。

「ん。美味い。けど、なんか中に入ってんだけど。この黒いツブツブ、虫じゃゃね？」

口から出して、指先をしげしげ見ると、夏彦が笑った。

「トリュフだよ。卵と相性がいいからね。霧也くんは、トリュフは好きかな？」

「はあ？　うーん。これがそうだって言うなら、まあ、美味いと思う」

「そうか。食べたいものがあったら、なんでも言ってくれ。いくらでも調達するぞ」

夏彦はいつもこの調子だ。もし霧也が食べたいと言ったら、それがたとえ妖怪でも探し出してきて、手際よくさばいてくれる気がした。

「あ……あのさ」

一生懸命な夏彦に、ちょっと悪いなと思いながら、霧也は遠慮がちに言う。

「俺は別に、もう充分好きなもの食わせてもらってるから。それより、ボテがちょっと今のフードに、飽きてきたみたいなんだ。そろそろ他のに変えてやったほうが、食欲が出るかなって」

「わかった。すでに用意してあるサンプルがいくつかあるから、試してみるか」

――すげえ！　迅速すぎるだろ。

用意周到さに、霧也は感心してしまう。

「ありがとう、すぐ食わせてみる。でも、もしかしたら、カリカリよりウェットのほうがいいかもしれない。あいつ、ちょっと歯を悪くしてるんだ」

「歯石による歯肉炎だと、先日の検査で言われていたな。シニアの猫だと、麻酔をして取り除くのもリスクがあって、難しいらしいが」

「そうなんだよな。あいつもう、人間だと七十歳くらいなんだよ」

「よしわかった。その点もふまえて獣医師と相談しつつ、サプリと合わせ、新しいフードを考えよう」

手料理を食べつつ、夏彦がボテの食事を改善してくれる気満々なことに、霧也は安堵した。

夏彦はずっとこうして、霧也の願いをかなえてくれている。

そろそろ季節は冬に差しかかり、寒くなってきたと言えば、エアコンでの調節だけだと乾燥するからと、最新の加湿器を買ってくれた。

外出用には雪山に登頂しても大丈夫なくらいの、暖かなダウンジャケットや、カシミアのニット。

ボテが動物病院へ行くときのキャリーケースにまで、もこもこのムートンを敷き詰めてくれている。

食べたい、と言ったもの。欲しい、と口にしたものが、即座に目の前に出てくる生活。

そして自分が喜べば、夏彦はその十倍くらい嬉しそうだ。それだけではない。

くしゃみをすれば、身体が温まって消化がいいものを、とすかさず鍋焼きうどんが用意され、念のためにと漢方薬も飲まされた。

朝は目が覚めると同時に検温され、平熱だとたちまち夏彦は、ホッとした顔になる。

目いっぱい甘やかされ、心配され、大切にされる毎日。

夏彦に保護されてからの日々は、霧也にとって夢のような時間だった。

——男に大事にされて、それがだんだん心地よくなってきてるって。俺ちょっと、感覚がおかしくなってきてるのかな。

考えながら口に運んだ箸から、ポロッとサラダのプチトマトが転がり落ちた。

「おっと。そのままでいいよ、霧也くん。私が拾う。服は汚れなかったかい？」

「あ。うん」

しゅぱっと立ち上がってトマトを拾う、長身で容姿端麗な、大企業の社長。

霧也は複雑な気持ちで、夏彦を見つめる。

――いやいやいや。俺よりこの人のほうが、絶対におかしい。だから俺も感化されて、変になってるんだ。

延々と、とめどなく愛情を注がれるこの状況から、霧也は抜け出せる気がしなくなっていた。

むしろ許されるなら、ずっとこのままでいたい、とさえ思ってしまっている。

「ごちそうさま。片付けは、俺がやるよ」

「いつも言ってるだろう。食洗機に任せるんだから、きみは気にしないでいい」

「だけど、運ぶくらいはやる」

「義理堅いな、霧也くんは。しかし私は、甘えてくれるほうが嬉しいんだぞ」

「なんでだよ」

立ち上がって空になった皿を持ちながら、思わず霧也は聞いてしまう。

「なあ。どうしてあんたは、俺にこんなによくしてくれるんだ？」

「したいんだ。きみに尽くすことが、心地よくて仕方ない」

夏彦も立って、食器を片付け始めた。でも、と霧也はさらに食い下がる。

「俺があんたの金を狙ってるかもしれねえとか、留守中に泥棒するかもしれねえとか、考えないのかよ？」

「ほう。なるほど」

初めて気が付いたというように、夏彦は動きを止めた。

「しかし欲しいものがあるなら、言ってくれれば可能な限りプレゼントするよ。自分で買いたいというのなら、きみ用のカードを作ってもいいが」

はあ？　と霧也は目を見開く。この分だと妖怪をさばくどころか、魔王だって家政婦として雇ってくれそうだ。

「あんた、神様かなんかかよ」

呆然とつぶやく霧也に、夏彦は白い歯を見せた。

「私はただ、きみを保護して、大事にしたいんだ。理由がないといけないかな」

「いけなくはねえけど……」

「じゃあ、いいじゃないか」

言って夏彦は、テキパキと皿を重ねて、食洗機へと運んでいく。

――なんでも貰える。手に入る。だけどそう言われても、じゃあ金だけふんだくって出て行きたい、とは全然思えないんだよな、俺は。そこなんだよ、謎なのは。

霧也は綺麗に片付けられ、ダイニングテーブルを眺めて思う。

――多分……夏彦さんは、本気で、全身全霊で俺を大事にしてくれてる。あんまり認めたくなかったけど、結局はそれが心地いいんだ。高い飯じゃなくていい。高い服じゃなくていい。誰かが自分のために、一生懸命になってくれる。それが俺は、嬉しいんだ。

これまでの人生で、こうまで霧也を気にかけ、心配し、早い話が全力で愛情を注いでくれている、と感じた相手はいなかった。

そんなことを考えていると、すぐに夏彦が戻ってきてドキリとする。

「これを忘れていた。霧也くん、飲んでくれ」

食器を片付け終えた夏彦が持ってきたのは、オレンジ色の液体が入ったグラスだった。

「うん？　なんだよそれ」

「食後の珈琲もいいが、もう少し身体にいいものがいいかと思ってな。特製のフルーツ野菜ジュースだ」

「不味くねえなら飲むけど……なにが入ってんの？」

「心配するな。オレンジとにんじん、パイナップルとトマト、レモンと蜂蜜メインで、癖がないよう、飲みやすく作っている」

ふーん、とグラスを手に取って飲んでみると、なかなか美味しい。

「問題なく飲めるようなら、毎朝作ろう。きっとますます綺麗になるぞ」

「き……っ？　ぐっ！」

思いがけない言葉に、ジュースを吹き出しそうになり、霧也は必死に口の中のものを飲み込んだ。

「へっ、変なこと言うなよ！　ジュース、床にぶちまけそうになっただろ！」

「変なことなんて、なにも言っていないじゃないか？」

心底不思議そうな顔で、夏彦は言う。

「自覚はないか？　私が保護してから、きみは日に日に綺麗になっていく。まだ少年の面影を残した顔に、相応しい肌艶と血色だ」

「そっ、それが変だって言ってんの」

「なぜ。そうだ、今度写真を撮ろう。きちんとしたフォトスタジオでね。客観的に自分を見れば、霧也くんも自身の美しさに気が付くはずだよ」

「美しくねえし！」

「私は自分の美的感覚には、自信がある！」

「……おかしいって、絶対に」

断言する夏彦の迫力に気圧されて、霧也はもう反論を諦める。

おとなしくジュースを飲み終え、グラスを渡した。

空になったグラスを、満足そうに受け取って片付けに行く夏彦の背を、霧也は溜め息をついて見つめる。

——そういうことなのかな、やっぱり。綺麗だとかなんとか言って、俺に全力で尽くしてくれるっていうのは。

これはもうどう考えても、同性に恋愛対象にされている、と考えていいのではないか、と霧也は判断せざるを得なかった。

「お前、平日は夜、バイト減らしたんだろ。たまには飲みに行かねえ?」

猫カフェでの勤務時間、カウンターで話しかけてきた灰崎に、霧也は軽く首を左右に振る。

「いや。ボテ、待ってるし」

「いいじゃねえかよ。同居人、いるんだろ。世話してくれてるんじゃねえの」

「してくれてるけど、俺もその人と一緒に夕飯食う感じだし」

はあ？　と灰崎は顔を斜めにして眉を寄せた。

「そんなもん、遅くなるから今日はいらねえ、って連絡入れりゃいいだろ」

そこまでして、たいして行きたくもない場所に、付き合いたくない。霧也はあまり酒が好きではなかった。そして。

——夏彦さんが、俺と一緒に飯食うつもりで待っててくれると思うと、早く帰りたい。

しかしそれは、恥ずかしい気がして言いたくなかった。

「待ってくれてんのに、そんなの悪いだろ」

ぼそぼそと弁解すると、客がいなくてヒマなのをいいことに、灰崎はなおもつっかかってくる。

「待ってくれてるぅ？　なにそいつ、気持ち悪くねえか」

だいたいさあ、と灰崎は、腰に手を当てた。

「最初に引っ越すって聞いたときから、なんかおかしな話だと思ってたんだよな。すげえ企業の偉いさんなんだろ？」

「あー、うん」

　客と店員という程度の会話しかしていないようだが、灰崎は今もなおカフェに通ってくる夏彦のことを、もちろん知っている。

そして夏彦に頼まれて、ボテと一緒に引っ越して同居していることも、霧也から話していた。

灰崎とは長い付き合いだ。悪いやつではなかったし、隠すことだとも思っていなかった。

「夏彦さんの親が手広く事業やってるとかで。えーと、総合、商社。ってやつの、子会社をひとつ任されてるって言ってた。会社名はカタカナで、よく覚えてねえけど」

「まあ要するに、親が資産家のボンボンだよな。そんなやつ、どうせ大学も、有名なすげえとこ出てんだろ」

「そうだろうけどなんでそれを、悪いことみたいに言ってんだよ」

ムッとして言い返した霧也に、灰崎は抜いて細くしてある眉を、八の字にした。

「そんな別世界のボンボンが、お前に興味を持って一緒に暮らしたりするなんて、どう考えても不自然だろうが。気にならねえほうがおかしいだろ」

「ひとりで住むのが、嫌だって言ってた。確かに、無駄なくらいに広くて部屋数も多いマンションなんだよ」

「だからって、赤の他人の男を住まわせるか？　普通。恋人がいなくても美女にするだろ、どうせなら。俺だったら、高級クラブのホステスのオネーサマとかさあ」

る。


「知らねえよ、そんなこと」

なぜ自分なのか、ということを、霧也はこれまでたびたび自問してきた。

夏彦の言動からして、自分を性的対象として見ているのではないか、と思い始めてはいる。

問題があるとしたら、そうだとしても自分はあの部屋から、そして夏彦から、逃げ出す気はない、ということだ。

先日、猫カフェから帰宅したときに、まだ夏彦は会社のようだった。

けれどドアを開いたとき、ただいま、と霧也はつぶやいてみた。

あのときの、ジーンと胸が熱くなり、うずくような満足感が込み上げてきた感覚が、忘れられない。

——俺はあの人が家族だ、って思いたい。あそこは俺のことを大事にしてくれる人がいる、俺を守ってくれる家庭だって思いたいんだ。

「俺はさ。心配なんだよ、霧也」

そんな霧也の内心を、知ってか知らずか灰崎は言う。

「お前最近、見た目も変わってきたし。なんていうか、あの夏彦ってやつが男好きの変態で、玩具にされてるんじゃないか、とか」

「そんな人じゃねえよ！」

霧也は思わず、ムキになって即答していた。

たとえ夏彦が自分を性的な目で見ていたとしても、玩具とかいう、悪質な感覚でないことくらいはわかる。

なぜなら、自分が喜ぶと夏彦のほうが嬉しがるからだ。

目をキラキラさせ、少年のような笑顔を見せる。あれが演技とは、どうしても思えない。

「まじかよ? お前、だまされてねえ?」

「ねえよ! 玩具相手に、味噌汁や玉子焼き、作ってくれねえだろ」

「玉子焼きかよ。……まあ、それは確かにイメージ違うな」

だろ、と霧也は熱を込めて言う。

「ボテのトイレ掃除や、毛の手入れもしてくれてるし。ボテもちょっと懐き始めてるんだよ」

「ボテって、あのブサ猫か」

「最近はあいつも毛艶がよくなって、ブサって感じじゃなくなってきたけどな。ふかふかもふもふの、貫禄猫になってきてる」

「……ふーん」

灰崎はまだなにか言いたそうに、腕組みをして唇を尖らせる。

その不服そうな顔に、霧也は反発を覚えた。

「だから、俺もボテもまじで大事にしてもらってて、全然心配なんかねえよ。むしろこんなによくしてもらっていいのか、ちょっと悪いんじゃねえかって思い始めてて」

力説している途中で、霧也はハッとした。そして、怪訝《けげん》そうに灰崎に見つめられつつも、黙ってしまう。

——俺、なにをこんなにムキになってんだ。灰崎に夏彦さんがどう思われたって、どうでもいいはずじゃねえか。

「おい、霧也か灰崎、カフェがヒマならどっちか奥を手伝ってくれ！　子猫時代の首輪が食い込んだ新参猫さまが到着するって、連絡が来た」

「子猫時代の？　捨てられてから身体が育っちまったのか。ひどいな」

「俺が行く。霧也、店のほう頼むわ」

猫侍こと、オーナーのもとに灰崎が駆けていくのを見送りつつ、霧也は確信していた。

——俺は夏彦さんを、誰かに悪く言われたくねえ。あの人の傍にいたいと思ってる。それってつまり……好き、ってことじゃねえのか？

言葉にして自覚した瞬間、その場で霧也は頭を抱え、じたばたと足踏みする。

——ああ。頭の中で言葉にしたら、のぼせたみたいになってきた。なんだよ、これ。もしかして、初恋ってやつなのか？　ふざけんな、俺！　この年で、男相手に！

だがこの気持ちが恋なのであれば、学生時代に女子に感じた淡い思いなど、単なる憧れだった、としか思えなかった。

それほどに、温度が違う。温水プールと、沸騰した鍋の湯ほどに。

——お、落ち着け。猫がみんな、こっち見てる。

霧也は、ふーっと大きく息を吐き、そっと胸を片手で押さえた。

と、猫カフェのガラス戸が開く。

「あ。いらっしゃいませ」

霧也は火照った顔を上げ、カウンターから出て客を迎えた。

「手の消毒、お願いします」

「ああ、わかりました」

入ってきたのは、四十代と思しき、きちんとしたスーツを着た男性だった。

夏彦はあまりに浮世離れしたオーラを放っていて目立ったが、普通のビジネスマンが猫カフェを利用するのは、特別珍しいことではない。

しかし男性は、丁寧に手の消毒を終えると、猫には目もくれずに言った。

「申し訳ないが、客ではないんです。こちらに、遠野霧也さんという方はおられますか」

「……はい？　俺ですけど」

なんだろう、と身構える霧也に、男性は穏やかな笑みを見せた。

「わたくし、こういうものです。少し、お話をさせてもらってもよろしいでしょうか」

差し出された名刺には、以前教えられた夏彦の会社名と、役職名、それに田村健一《たむらけんいち》という名前が書いてある。

どうやら夏彦の知人らしい、と思っただけで、再び霧也はドキドキしてきた。

「えっと。お客さんが来るまでならいいですけど」

こちらへ、とカウンターに誘導すると、田村はクラッチバッグから、除菌シートを取り出した。

それで椅子とテーブルをさっと拭いてから、椅子へ腰を下ろす。

潔癖症なのかもしれないが、なんとなく失礼なやつだ、と霧也は感じた。

「それで、俺に話って、なんですか」

売り物を出す必要はない、と考え、グラスに水を入れてカウンターに置く。

田村はそれを見ようともせず、話を切り出した。

「遠野さんは現在、志賀峰氏のお宅に同居されているというのは、本当ですか？」

「あ。……はい」

夏彦の関係者のようだが、いったいなんだろう、と霧也は緊張し始める。

「やはりそうなんですね。話というのは他でもない、そのことです」

困った、というように、田村は眉間に皺を寄せた。

「あなたと同居していることについて、社内で悪い噂が広がっておりまして。つまり、なぜか血縁者でもない青年を、社長が自宅に住まわせている。これは正直、社員から見たら大変奇妙なことですから」

「そ……う、ですか」

ありえることだと思いつつ、霧也は鉛《なまり》でも飲みこんだように、ズシッと胸が重くなるのを感じた。

「俺も、周りからしたら、そう思われるんじゃねえかと思ったけど。なんか、保護したいって言われて」

保護、と田村は唇をねじまげ、嘲笑《ちょうしょう》するようにつぶやく。

「あのですね。志賀峰氏には、婚約者がいらっしゃいます。それについてはご存知ですか？」

えっ、と霧也は固まった。

「婚約者って……えっと、女の？」

「当たり前でしょう」

笑みを浮かべ、淡々とした説明口調で田村は言う。

「取引先の、大企業の娘さんです。もう何年も前から、決まっていたことなんですよ。なにしろ、志賀峰氏とご結婚するということは、志賀峰グループのファミリーに属するということですから。家にもご出自にも、釣り合いの取れる格式が必要なのは当然です。おわかりですよね？」

——なんだこれ。よくわかんねえ。

霧也は必死に、早口で言われたことの意味を考える。

そして意味が頭に浸透するに従って、血の気が引いていくのを感じていた。

「……早い話、俺と夏彦さんとじゃ不釣り合いで、その婚約者にとって、俺が邪魔ってこと？」

尋ねると、田村は眼鏡を外し、ポケットから取り出したチーフで、レンズを拭き始めながら言う。

「ええ。正確には、夏彦さんと婚約者の方、おふたりにとってあなたが邪魔なんです。そして、我が社にとっても」

「でっ、でも、夏彦さんはなにも言わねえし」

「でしょうね。お優しい方ですから。保護、と言われていましたが、情けをかけて拾われて、手放しにくくなっているのでしょう。それはこちらにも理解できますが、そろそろ、あなたもご自分の立場に気が付いたほうがいいのではないか、と思いまして」

「俺の、立場」

告げられている内容がショックすぎて、頭がよく回ってくれず、霧也はおうむ返しにする。

田村は眼鏡をかけ直し、相変わらず感情のない声で続けた。

「はい。志賀峰氏から出て行ってくれなどとは、なかなか言いづらいと思います。言わせる前に、あなたから姿を消すことが誠意では？　かなり世話を焼かれ、お金も使わせていると聞きましたよ」

「あ。それは、はい。……まあ、確かに」

――そうだけど。甘えていいって。なんでも言ってくれって言われて。だから俺は、安心して。

なんだか、喉に氷の塊がつかえているようだ、と霧也は感じた。苦しくて、吐き出してしまいたい。

相変わらずにこやかに、滑らかな口調で田村は続ける。

「もちろん、あなたにも事情があるのはわかります。ですので、これを」

カウンターテーブルの上に、田村は分厚い封筒を置いた。

まさか、と思いつつ、霧也はそれを手に取って、封をされていない中を見る。

「ふざけんなよ！」

叩き返したそれには、一万円札がぱんぱんに入っていた。

霧也の声に驚いた猫たちが、ぴょんと飛び上がってから、さーっと反対側の隅へと走っていく。

気付いた霧也は、声のボリュームを絞る。

「……いらねえよ、こんなもん。そもそも頼まれて一緒に住んだだけだ。すぐ出てってやるよ。ただ」

霧也は唇を噛み、一瞬、痛みをこらえるように顔をしかめた。

それから必死に平静な顔を取りつくろい、田村に言う。

「その、婚約者って人。……猫は、好きか？」

「はい？　どうでしょう、存じておりませんが」

「夏彦さん、今、猫飼ってる。そいつを大事にしてくれるかな」

「ああ、そういうことでしたか」

田村は笑顔で、大きくうなずいた。

「言われてみれば、猫ちゃんもワンちゃんも、お好きだったと思います。優しい女性ですから。きっと可愛がると思いますよ」

霧也はしばらくの沈黙のあと、そっか、とつぶやいた。

そして、すう、と息を吸いこんでから、大きく吐き出した。

「だったら、考えてみる。どっちみち、すぐってわけにはいかねえ。今のとこから通うつもりで、新しいバイトも決めかけてたし」

「もちろん、いろいろとご都合がおありでしょうし、すぐにというのも難しいでしょうね。引っ越し先を探す時間も必要でしょう。しかし、とりあえずの新居でしたら、こちらで用意しますので」

そこまでするのか、と霧也は驚く。つまりそうまでしても、早く霧也と夏彦を引き離したいということだろうか。

——だけど。それにしても、急すぎる。ちょっと待ってくれ。俺はやっとあの人への、自分の気持ちに、気が付いたばかりなんだ。

「では、一か月後、ということではいかがですか?」

田村が譲歩案を出してきた。

「それだけあれば、お仕事にしても、身の回りの整理にしても、充分時間はあるのでは」

「――まあ、そうだけど。なんにしても、金はいらねえ」

鋭い声で霧也が言うと、田村は肩をすくめて、封筒を内ポケットにしまった。

「それはどちらでもいいですけれどね。ともかく、一か月後にこちらで部屋を手配しておきますから。志賀峰氏のお部屋からは、退去するつもりでいてください」

「その部屋の手配とやらも、しなくていいよ」

「いたします。あなたが本当に志賀峰氏との関係を解消するという、証明でもありますから」

「勝手にしろ」

霧也は吐き捨てて、田村に背を向けた。

「もう出てってくんねえかな。そろそろ猫たちのお昼寝タイムなんだ」

本当はまだだったが、これ以上のっぺりした、薄笑いを浮かべている顔を見たくない。そう思って言うと、おとなしく田村は席を立つ。

そして、猫の毛がついたと感じたのか、ポケットから取り出したエチケットブラシで、ささっと服を撫でた。

「では、一か月後にまた。くれぐれも、よろしくお願いしますよ。そしてこれは、志賀峰氏のためだ、ということをお忘れなく」

田村が店を出てからも、しばらく霧也はその場で、突っ立ったままでいた。

まだ突きつけられた事実を、受け止め切れない自分がいる。

——なんだよそれ。そうだったのかよ、夏彦さん。もっと前に、言って欲しかった。ただの変なやつが、金持ちの道楽で、俺を構ってるだけだと思ってるうちに。俺があの人を信じて、一緒にいるのが心地いいなんて、夢にも思わなかったころに。

んなあー、と一匹の猫が鳴いて、ハッと霧也は我に返った。

「……どうした。腹減ったのか」

カウンターから出て、猫たちの遊んでいるフロアへ行き、霧也は腰を下ろして座った。寄ってきた大きなトラ猫を抱き、その身体に顔を寄せる。

「……っ」

胸が痛い、と思っていたら、それが液体になったかのように、頬を伝ってポロリと零れた。

んあーう。にゃん。なおーう。

四方から猫たちが寄ってきて、霧也のすねや腰に、身体を擂り寄せた。

「……なんでも、ねえよ。大丈夫だ。……優しいな、お前ら」

腕の中で、おとなしく抱っこされていたトラ猫が、霧也の頬をざりざりと舐める。

——こんなに落ち込んでるってことは。俺は自分で思ってた以上に、いつの間にかあの人のことが……本当に好きになってたんだな。くそっ。自覚した途端に失恋って、ひどいだろ。

好きであればこそ、夏彦のために出て行くべきなのかもしれない。

けれど、なまじ人と暮らす楽しさや、愛情を受けることの喜びを知ってしまった今、それはとても辛い選択だった。

その脳裏に、ふっと幼いころいなくなってしまった野良猫と、慰めてくれた灰崎の言葉が浮かぶ。

『お前って、給食、ほとんど野良にやっちまって、どんどん痩せてたじゃん。だからさ。自分がいたら悪いと思って、お前のためにいなくなったんだよ、きっと。そんで、もっと金のある、餌いっぱいくれる人間のとこに行ったんだよ』

——俺は。夏彦さんに世話されるばっかりで、なんにもできなかった。いなくなるのが夏彦さんのためだっていうなら、それくらいしてやるよ。甘えろ、頼れ、ってのもあの人の望みだったけど。そっちも含めて、せめて……できるだけのお返しをしたい。

霧也はそんなことを考えながら、温かく柔らかな感触に癒しを求め、猫たちを撫でていた。

残された時間は一か月。

悩んだ霧也だったが、出した結論はやはり、夏彦のもとを離れよう、ということだった。

思えば灰崎に言われたとおり、別世界の人間だ。今はよくても、いつまでもこんな生活が、続くはずがない。

――夢を見てた、って思うことにしよう。ボテの飼い主が見つかったのは、確かなんだし。それだけで充分。欲張っちゃ駄目だ。

けれどせめて猶予期間だけでも、後悔のないように、夏彦と過ごしたい。

だから、田村が店を訪れた日の夜。

照れくさいのも恥ずかしいのも我慢して、霧也は本音で夏彦に甘えることにした。

「あっ、あのさ！　俺、たまには、ふたりで出かけたい。今度の休み、どっか行きたい」

思い切って夕飯の時間に言ってみると、飛び上がらんばかりに夏彦は喜んだ。

婚約者がいるのにこれかよ、と霧也は苦笑してしまう。

その女性には申し訳ないが、今だけは夏彦を、独り占めさせて欲しかった。

――俺は多分、夏彦さんにとって、ちょっと珍しい、ペットみたいなものかもしれない。

だけど俺は保護されなくても、生きていける。この先の夏彦さんの人生は、婚約者さんに渡すから。一か月だけ。俺に、この人の時間をくれ。

そんな霧也のせつない心のうちを知るはずもなく、夏彦は鼻歌交じりに計画を立て始め、いくつものデートプランを霧也に提示してきた。

そして選んだのは、テーマパークからのディナー、そしてプレゼントを買ってもらう、というコースだった。

その日、空はすっきりと晴れ渡っていた。

男ふたりでのテーマパークは、絶対に死ぬほど恥ずかしいだろう、と覚悟していたのだが、混んでいたせいかあまり目立たなくてすんだ。それに子供のころから、一度は来てみたいと思っていた場所だ。

友人と来ることができる年齢になっても、入園料があまりにも高額だったのだ。

夏彦も、意外にも来たことがなかったらしい。勉強と習い事に追われ、子供らしい遊びを、ほとんどしてこなかったらしかった。

「次はあれに乗ろう、霧也くん！」

「う、うん。でもなんかすげえな、二時間待ちだって」

「心配するな。私のハイグレード・プラチナパスなら、どれでもすぐ乗れる。パーク自体を貸し切りにすることも考えたんだが、活気があったほうがいいからな」

夏彦の財力にものをいわせ、どの乗り物にもすぐに乗れた。

乗ろう乗ろうと積極的なわりに、夏彦はスピードや高い場所を怖がって、霧也にすがりついてくるのが面白かった。

そんなふうに、知らなかった一面を知ると嬉しくなってしまい、やはり自分は夏彦に特別な好意を持っているんだな、と霧也は改めて実感する。

「……なんだかさあ。あんたと出会ってから、ときどき、夢の中にいるみたいだ、って思うことがあるんだ」

とっぷりと日が暮れるまで、テーマパークを堪能したあと。

ゲートを出てすぐ正面にある広場のベンチに座り、ふたりして打ち上げられる花火を見ながら、霧也はつぶやいた。

そうだな、と夏彦も、花火を映してきらきらした瞳で言う。

「だが、これは夢じゃない。現実にきみが私の隣にいて、温もりを感じられる」

うん、と霧也は素直にうなずいた。が、覚めない夢ならよかったのに、と心の中で考えていた。

「このまま、時間が止まっちゃえばいいのにな」

昼からするりと漏れた本音に、夏彦は驚いた顔になる。

「そんな素敵なことを考えてくれたのか、きみは……！　しかし、それではボテくんが困るだろう」

「あっ、うん、それはまじで困る」

しかし、と夏彦は、そろそろと霧也の手の上に、自分の手を重ねる。

「きみがそう思ってくれただけで、私はものすごく嬉しいよ」

「……夏彦さん」

——もちろん、現実にはそうはいかないってわかってる。あんたには会社があって、婚約者がいて、家族とか跡取りとかいろいろあるんだろ。俺の知らない、入りこめない世界が。

霧也は一瞬大きく咲いたあと、落下していく花火の欠片を見ながら、せつない気持ちになっていた。

子供のようにテーマパークを満喫した次は、夏彦が今日の記念にと、プレゼントを買ってくれると言う。

霧也としては土産にグッズかケーキでも、くらいに思っていたのだが。

車を飛ばして連れて行かれたのは、高級時計の専門店だった。

もう閉店している時刻なのではないかと思ったが、来店予約をしているので、問題ないと言う。

荘厳な建物を前にして、霧也は唖然《あぜん》としてしまった。

「なっ、なあ俺、時間は普段、スマホで見るし。なんか高そうだし、猫グッズとかでいいって」

「そうはいかない。きみへの初めてのプレゼントだぞ」

「はあ？　初めてじゃねえよ、散々服とかくれただろ」

「あれは日用品だ。時計が嫌なら指輪にするが、そっちのほうがいいかい？」

「いや、それは無理、駄目だろ絶対、常識として！」

婚約者がいて指輪はないだろ、と霧也は慌てて断った。

だが、それならばやはり腕時計、と夏彦が買ってくれたそれは、ちょっと引くぐらいの高額なものだった。

——値段はともかく、夏彦さんとペア。なんか照れるし、こそばゆいな。だけど、寂しいっていうか。悔しいっていうか。

霧也は腕時計をつけ、複雑な思いにとらわれていた。

だがデート中の夏彦はずっと上機嫌で、大丈夫かと思うくらいにハイテンションだった。

「きみはやっと少しだけ、私に甘えてくれるようになった気がするな」

デートから帰宅したあと。リビングでお茶を飲みながら、夏彦は自分と霧也の腕の時計を交互に見て、嬉しそうに話す。

「少しだけって。これ以上、もう出てこねえからな」

霧也も自分の腕時計をちらりと見て、そう言った。

複雑な気持ちもある反面、やはり嬉しい。

そして霧也は、もっと恥ずかしいことを口に出さねば、と内心自分を必死に励ましていた。

どっ、どっ、どっ、と心臓が、痛いくらいに胸を内側から叩いている。

——言え。思ったことはなんでも言っとけ。もうあと、半月もねえんだ。頑張れ、俺。

そうして膝の上で、両拳をきゅっと握り、思い切って口を開く。

「あ……あのさ。むしろ、いろいろ、俺の頼みを聞いてくれた、お礼っていうか。お返しをしたい、って思ってる」

「お礼？　気にしなくていいよ、こっちは嬉しいくらいだったんだから」

「でもあの。つまり」

霧也は、夏彦が自分に性的欲求を持っているのなら、身体の関係を持ってもいい、と考えていた。

——べっ、別に、減るもんじゃねえし、勿体ぶるものでもねえし。それに。俺は好きになった相手と、したことないんだよな。もしかしたら、この先一生、夏彦さん以上に好きになる相手に、出会わないかもしれねえから。

もじもじしている霧也に、もしかして、と夏彦は、こちらをじっと見つめて言う。

「お礼というのは、私の希望を聞いてくれるのか？」

「ま、まあ、一応。そのつもりだけど」

「そうか。それなら私の願いは一つだ」

真剣な顔で、夏彦は続ける。

「同じベッドで寝て欲しい！　以前の川の字ではなく。ボテくんは自分のベッドで寝てもらって、ふたりきりで！」

——や、やっぱりそうきたか。よし、こい！　望むところだ！

霧也は覚悟を決め、大きくうなずいた。

「……あのさあ。本当にこれでいいのかよ？」

「うん？　これで、とはどういう意味だい？」

夏彦と一つのベッドで寝るようになって、三日目。

霧也はとうとう起き上がり、隣で横たわっている夏彦に、大声で言ってしまった。

というのも、最初の晩。風呂に入り、緊張と恥ずかしさで死にそうになっている霧也に、夏彦はそっと触れてきた。

髪を撫で、抱いてもいいかと耳もとで尋ねられ、震えながらうなずく霧也は力強い腕で引き寄せられ。――そして、夏彦はすやすやと眠ってしまったのだ。

一昨日も、昨晩も同じく、しっかり抱っこと腕枕はされるものの、そこまでだ。

「どういう、って。あんた、俺を撫でたり抱っこしたり、腕枕するじゃねえか」

「あ、ああ。すまん、嫌だったか？」

サッと顔色を変えた夏彦に、そうじゃねえよ、と霧也は溜め息をつく。

「ああもう。こっちから言わせるのかよ！」

霧也は、夏彦の上に覆いかぶさるようにして言う。

「おっ、男が、女にするみたいにしていい、って言ってんの、俺は！」

「……霧也くん？　本気で言ってるのか？」

その言葉に、もしかしたら夏彦が自分に対して性的欲求があると思ったのは、こちらの勘違いだったかもしれない、という可能性に思い至った。

だとしたら、これほど恥ずかしいことはない。

「したくねえなら、いい！　俺、あっちの部屋に行く！」

「駄目だっ！」

ベッドを降りようとした霧也の手を、ガッと夏彦がつかむ。

そしてベッドの上に、引き倒した。

「っ、いてっ！」

「す、すまない。だがそんなふうに言われたら、私は」

夏彦は、倒れた霧也の上にのしかかってくる。

「きみをこの腕に抱き締めて、それだけで満足せねばと思っていた。我慢していたんだ。もうおかしくなる、理性が持たないと思いながらも、きみが嫌がると思って」

そうだったんだ、と霧也は至近距離でこちらを凝視する夏彦を、見つめ返していた。

──本当に優しい。どこまでも俺を、大事にしてくれてたんだな。

婚約者との間に、どんな事情があるのかは知らない。けれど今の夏彦が自分に向けるひたむきな瞳に、嘘があるとは思えなかった。

「夏彦さん。俺も、あ、あんたが。……すっ……好きだよ」

つぶやくと、えっ、と夏彦は目を見開いた。

「――いいかい、霧也くん。私には、そういう冗談は通じない。駆け引きをする気もない。本気にしていいんだな？」

その目も声もこれまでにも増して、怖いくらいに真剣だ。

「私も、きみが大好きだ。いや、おそらくきみが私を好きだという数倍、いや数百倍、ものすごく大好きなんだ。その気持ちをきみは、受け止められるか？」

今や、初恋の相手となった夏彦からの熱烈な告白に、婚約者は？　会社は？　というとまどいが、霧也の頭から吹っ飛んでしまう。

うん、と霧也が素直にうなずいた、次の瞬間。

「――っ！　んむっ、ん、んっ」

ガッ、と夏彦はすごい勢いで霧也を抱き締め、唇を重ねてきた。

驚いて薄く開いた唇の隙間から、するりと舌が入ってくる。

歯列をなぞられ。舌をからめとられてキュッと吸われると、頭の奥がじんと痺れた。

――嘘、なんだこれ、こんなの、俺、知らねえ！

なんだか、嵐に巻きこまれたようだった。

「んう、はっ、んん」

角度を変え、息継ぎをさせるように一瞬だけ離れては、何度もキスが繰り返される。

少しでも顔を背けようとすると、しっかりと夏彦の大きな手のひらが、霧也の頬に触れてそれを阻止した。

そうしながら、足の間に夏彦の足が入ってくる。

「っふ、ん、う……っ！」

ぐい、と足の付け根を刺激され、霧也はびくっとなった。

腰に触れる夏彦のものが、ひどく熱いのを感じて、胸の鼓動がどんどん速くなっていく。

――やばい。なんだこれ。

「っは、あっ、あ」

ようやく唇が解放されたと思ったら、夏彦の唇は首筋をなぞり、鎖骨に軽く歯を立てた。

「つっ、う、待っ、んあっ」

舌で肌を味わいながら、ぴっ、ぴっ、と夏彦は簡単に、霧也のパジャマのボタンを外していく。

――駄目だ。覚悟はできてたけど、なんだこの人。器用で、上手すぎて、完全にペースに飲まれてる……！

こちらからも反撃したいと思うのに、夢中で自分を求める夏彦に、霧也はすでに翻弄されてしまっていた。

「っあ！　そんな、とこっ……んっ、や」

ねっとりと胸の突起にくちづけられ、舌先でいじられて、霧也は固く目を閉じる。

――なんて声出してるんだよ、俺っ！

恥ずかしすぎて、おかしくなってしまいそうだ。

「待っ、待って、ちょっ、俺」

今さら抗っても無駄だ、というように、夏彦の動きは止まらない。

執拗《しつよう》に胸の突起を愛撫しつつ、片方の手が足の間に伸ばされた。

「わっ！　っあ、や……っ！」

そこは隠しようもなく、完全に勃ち上がり、ひどく熱くなっている。

「そんなっ、さっ、触ったらっ」

「嬉しいよ。きみが私に触れられて、こんなにしてくれて」

「やっ、らし、こと……言う、なっ」

羞恥でおかしくなってしまいそうだった。しかし夏彦は嬉しそうに、霧也のものに触れ、下着の上から撫でてくる。

「あ、んっ……や、あっ」

他人の手に愛撫される気持ちよさに、顎が上がってしまう。

「だっ、駄目ぇ……っ」

ボタンをすべて外され、上半身は素肌を晒《さら》している。

下半身もパジャマは片方の足に引っかかっている状態で、下着の中はカチカチになってしまっていた。

「こんなきみを見せられて、駄目だと言われても」

夏彦の声も、興奮に上ずっているように思える。

その指先が、霧也のものの先端を執拗にいじった。

「っや、だって……っ！　も、駄目、あっ、ああっ」

「こんなに濡れて。下着の色が、変わってる」

囁かれ、霧也はいよいよ頭が、のぼせたように熱くなった。

「っ！　出ちゃ……はっ、離し」

「いっていいよ。手に出しなさい」

優しく言われ、霧也はきつく目を閉じる。

「っああ！」

先端をいじっていた指先が、くぼみをきつく、押した瞬間。

バスルームでのときより、ずっと激しい快感が霧也の身体を突き抜けた。

ビクビクッ、と大きく身体が跳ね、そして脱力する。

「……霧也くん。きみには、わからないかもしれないけれど」

言いながら夏彦は、まるで肉食獣が獲物を目の前にしたように、そろりと唇を舐める。

そして霧也の足に引っかかっていたパジャマと下着を抜き取り、一度ベッドを降りてから、なにかを手にして戻ってきた。

次いで自分も、上半身を露《あらわ》にする。

「私は今、夢のように幸せなんだよ。信じられないくらいに」

夏彦の声は興奮にやや上ずり、瞳は潤んで、ひどく色っぽく見えた。

——そんなこと、言うなよ。いつまでも夢が続くって、勘違いしそうになるだろ。

霧也は肩で息をしながら、快感にぼんやりとかすんだ瞳で、夏彦を見た。

無駄な肉のついていない、綺麗な身体だな、と思う。

精悍《せいかん》な顔立ちに、前髪が額に多くかかっているせいで、いつもと違って野性味を感じる。

——くそ。かっこいいいな。

ぼうっとした頭でそんなことを思っていると、夏彦が覆いかぶさってきた。

「……好きすぎて、おかしくなりそうだ」

感極まったように夏彦が言い、しっかりと抱き締めてくる。

霧也もそれに応えるように、広い背中に腕を回した。

素肌が密着した部分から、溶けてしまうのではないか、と霧也は思う。

——こんなの初めてだ。……こんなふうに、触られてるだけで、どこもかしこも感じるなんて。本気の恋って、こういうもんなのか？

そうして、再び存分にくちづけを交わし、それぞれの身体の形を確認するかのように、手のひらで骨を、皮膚をまさぐったあと。

「っひ、う！」

あお向けの状態で、両足を広げて抱えられた霧也の後ろに、たっぷりとゼリーをまとった夏彦の指が侵入してくる。

その目が、じっと自分を見つめていることが、耐えがたいほど恥ずかしい。

「い、や……っ、あ、見るな……っ！　は、ああ」

「力、抜いて、霧也くん。傷つけたくない」

せつなそうな顔でそんなことを言われても、どうしても力が入ってしまう。

「……っ、あっ、んん！」

ぐう、と奥まで入ってきた指の腹が、霧也の深い部分をこすり、腰が跳ねる。

これまで経験したことのない異様な感覚に、霧也は必死に耐えていた。

――やばい。ちょっと、怖い。

夏彦の昂《たかぶ》ったものが視界に入り、無理かもしれない、とわずかに霧也は後悔しかけたのだが。

「――限界だ。これ以上は」

必死になにかを、耐えているような表情をしていた夏彦があえぐように言い、ぐっ、と固いものが押しつけられる。

「ごめん、霧也くん……！」

「っわ、あ……っ！　あああ！」

ぬうう、と夏彦の熱くガチガチに固く太いものが、体内に入ってきて、霧也の身体が反り返った。

身体は無意識に逃げようとしたが、両足をしっかりと抱えられているため、動きは取れない。

「――っ！」

たっぷりとゼリーで濡らされてはいても、異物感と圧迫感に、霧也は気を失いそうになっていた。

だけでなく、そこには紛《まぎ》れもなく快感が加わっている。

涙でかすんだ目で夏彦を見ると、陶酔《とうすい》したような、それでいて真剣な表情をしていた。

「辛かったら、言ってくれ。……気持ちいいよ、霧也くん。すごくいい。とろけてしまいそうだ」

かすれた声で囁かれ、なぜかじわっと、その言葉が新たな快感を生む。

「っあ！　あっ！」

根本まで挿入され、ゆさっ、と大きく身体を揺さぶられた瞬間、自分のものが再び勃ち上がったのがわかった。

それを見て、霧也もまた感じていることを察したからなのか、夏彦の顔に歓喜の表情が浮かび、腰が大きく律動し始めた。

奥を強くえぐられ、あまりの刺激の強さに、ひいっ、と霧也の喉が鳴る。

――おかしく、なる。熱い、辛い、でも……いいっ、すごく、いい。

脳天を貫くような快感に、涙が零れた。

達したはずの先端から、透明な液体が零れて、腹部を濡らしているのがわかる。

「あ！　やあっ！」

そこに指が絡められ、本当に溶けてしまう、と霧也は思った。

「だっ……駄目っ、も……ああ！」

「霧也くん……っ！」

ぎゅうう、と思い切り抱き締めてきた夏彦の身体が、びくびくっ！　と大きく跳ねた。

ほぼ同時に、霧也のものも再び弾ける。

はあはあと、互いの胸を大きく弾ませながら、しばらくふたりは抱き締め合ったまま動かなかった。

「う……っ……く」

放心状態の霧也だったが、なぜか涙が止まらなくなってしまう。

そしてそんな霧也を見た夏彦に、身体に大変な負担をかけてしまったのではないかと思われて、大慌てさせたのだった。

◆◆◆

——人生というのは、なにが起こるかわからないものだな。こんなにまで目に映るすべてのものが、違って見えるようになるとは。

会社からの帰宅途中の車の中で、夏彦はそんなことを考えながら、窓の外を眺めていた。

同居を始めてからもそうだったが、霧也が日に日に心を開いてくれるようになって、世界の輝き具合が増したように夏彦には感じられている。

霧也といると、なにもかもが楽しい。

自分でも、ちょっと過剰かもしれない、というくらいに愛情を爆発させても、すべて霧也は受け止めてくれる。

注いでも注いでも、水の足りない花のように、霧也は夏彦の与える愛情をぐんぐん吸収し、おくゆかしい照れくさそうな、笑顔の花を咲かせてくれるのだ。

そんな相手は、世界中探しても霧也だけではないか、と夏彦は毎日実感している。

霧也の中に眠る、すべての蕾《つぼみ》を開花させたい。枯らしたくない。

お願いだから居酒屋のアルバイトを減らし、一緒にいる時間を増やして欲しい、と頼んだら、霧也は不承不承応じてくれた。

条件として、保護猫カフェへの寄付をお願いされたが、あまりにささやかな金額だったので、こちらで勝手にゼロを一つ多くしておいた。

最近では、デートしたいなどと、異様に可愛いことも言ってくれる。

顔を真っ赤にして、こんなことがしたい、嫌ならやめるけど、などと言われると、抱き締めて押し倒したくなってしまった。そしてなにより。

——あんなに気持ちのいいセックスも、初めてだった。

夏彦は、ミラーで運転手にだらしなく緩む顔を見られないよう、口元を手で覆う。

思い出しただけで、陶酔状態になってしまう夏彦だったが、仕事はおろそかにしていない。

――私の収入が、霧也くんの血となり栄養となる。こんな素晴らしいことはない。むしろ稼ぐことに生きがいを感じ、やる気が出ていた。


「ただいま!」

数時間ぶりに、霧也と再会できる。うきうきして帰宅すると、恥ずかしそうな声が迎えてくれた。

「っお……おかえり。飯。できてるから」

なんて愛らしいんだ、と夏彦の胸はいっぱいになる。

「うん。いい匂いがするな。今夜はなんだい?」

「豚の生姜焼きにした。……言っとくけど、不味くても知らねえからな!」

「うん、大丈夫だよ」

「俺そんな、料理のレパートリーねえし!」

「わかってる、きみが作ってくれるならなんでもいい」

「い、いいなら、いいけどさ」

背を向け、エプロンを外しながらキッチンに歩いていく霧也の耳が、真っ赤になっていることに夏彦は気が付いた。

——たっ、たまらなく可愛い！

くわっ、と火の塊のようなものが下腹部に生まれ、夏彦の理性が、ぱちんと弾け飛ぶ。

「っ、わっ！　なっ、なんだよっ」

キッチンまでついていった夏彦は、背後から手を伸ばし、霧也を抱き寄せた。

正面を向かせ、驚いて目を見開いている霧也の顎に手をかけて、唇を重ねる。

「んっ、んん！」

舌を絡めて吸いながら、しっかりと細い腰を抱き、片方の足の腿でぐいぐいと、霧也のものを刺激した。

必死に背けた霧也の顔は、すでに首まで赤くなっている。

「やっ、んっ、なに……っ、飯、ある、から……っ」

「その前に、きみが食べたい」

えっ、とさらに赤くなった顔をこちらに向け、もう一度唇を貪《むさぼ》った。

霧也は慣れていないのか、快感に弱い。ほんの少しのキスと愛撫で、もうほとんど身体から、力が抜けてしまっている。

そこがまた可愛いと思いながら、夏彦はまず霧也のエプロンを取り払い、次にジーンズのボタンを外した。

霧也はびっくりしたように、目を丸くする。

「は、んうっ！」

下着の中に手を入れると、ビクッと身体が大きく跳ねた。

「まっ、待てよ、急にどうし……っ、待っ、や」

「なんで駄目？　私が嫌なのか？」

「ちがっ、だって、飯」

「あとで温め直して、ゆっくり食べればいい」

嫌、と言われなかったことが嬉しくて、夏彦はさらに大胆になった。

もう霧也のものは完全に反り返り、ほんの少し指先を動かすだけで、ひくひくと反応してくれる。

「膝がガクガクしている。横になるか？」

「ふざけ……っ、こんな、とこでっ」

「どこででも、問題ない」

夏彦は本気でそう思うのだが、キッチンの明るい照明の下で半裸になっている霧也は、真っ赤になって眉を八の字にしている。

「じゃあ、手をついて、身体を支えて。そのほうが楽だろう？」

夏彦は霧也に後ろを向かせ、抱えるようにして、キッチンの棚の横の、壁に向かって立たせる。

そうしながらさりげなく、棚のオリーブオイルの小瓶を引き寄せた。背後から手を回し、霧也のものを優しく愛撫する。

「ああ……っ！　駄目、俺、もたない……っ！」

涙交じりに霧也が、高く細い声で訴える。

「我慢しなくていいよ」

耳朶を唇で挟むようにして、熱い息と一緒に声を吐き出す。それだけで感じてしまうのか、霧也の身体が細かく震えた。

「よ、汚しちゃう……だろっ、っあ、やあ」

「汚していいよ」

「やっ、やだ……っ」

必死にこらえる霧也が、どうにもならないくらいに愛おしい。

いつまでもこうして愛撫していたい。ずっと可愛い声を聞いていたい。

けれどそれはもちろん、霧也も辛いだろうが、夏彦としても限界だった。

「少し、我慢していて」

囁いて、片手の親指できゅぽっ、とオリーブオイルの蓋を開け、手に垂らす。

「――っ！　なっ、あっ」

ぬる、と後ろのくぼみにオイルを塗りつけると、霧也はつま先立ちになった。

「んあっ！　あ、あっ」

そのままゆっくりと中指を挿入していくと、必死に壁にすがりつく。

「や……っ、あ……っ」

その体勢が辛いのか、ずるずると上体が下がり、自然と腰を後ろに突き出すような格好になった。

たっぷりとオイルを塗りつけたあと、夏彦はその細い腰を抱え、まだぬるついている指を前に回す。

「っん！　あっ、駄目ぇ……っ！」

霧也の下半身は、オイルと自らが流す透明な体液で、ぬるぬるになってしまっていた。

それが恥ずかしいのか、声には羞恥と涙が混じっている。

「――っ！　っあ、はっ、ああ！」

前と後ろを指で攻めると、ゆらゆらと腰が揺れ始めた。

恥ずかしがってはいるものの、自然と身体は快感を欲して動いてしまっている。

霧也の中はひどく狭く熱く、この中に入るのだと考えると、それだけで身震いするような興奮を覚えた。

「やあっ、あっ！」

後ろから指を引き抜くときは、なるべく気を付けてそっとしたのだが、ひときわ大きく腰が跳ねた。

その身体を背後から支え直し、夏彦は猛り立った自身を押し当てる。

入れるよ、と耳もとで言うと、霧也の身体がビクッとした。

「っあ、ああああ！」

ぐううっ、と一気に貫くと、霧也は泣き声のような悲鳴を上げる。

けれどそれが苦痛からでないことは、霧也のぱんぱんに張り詰めていたものが、弾けてしまったことでわかった。

「待っ、ああっ！　あっ！」

達している最中にも、夏彦は容赦なく腰を使う。

「辛い？　我慢、できない？」

「い……いっ！　ああっ、気持ち……いっ……！」

甘い、鼻から抜ける声でそんな嬉しいことを言われて、夏彦は頭が真っ白になった。

霧也がボロボロになるまで求めたい気持ちと、大切に愛したい気持ちが入り交じり、どうしていいのかわからなくなってしまう。

「っあ、も、駄目……っ」

「どうして。気持ちいいんだろう？」

「お、かしく、なっちゃ……っあ、やっ、また、いっちゃ……っあぁ！」

「私も。私もだ。すごく、いい」

目を閉じ、背後からきつく抱き締めて、夏彦は達した。

直後に霧也も、再び壁に放ってしまった。

そしてしばらくそのまま、夏彦は霧也を支えながらキッチンの片隅で、互いの呼吸が落ち着くのを待ったのだった。

していく。


「ああ、もう。完全に、飯が冷めただろ」

ことが終わって、抱えるようにして風呂へ連れて来てから、霧也はずっとむくれた顔をしている。

バスタブの中でも顔を背け、まともにこちらの目を見ようとしない。

けれどそれは、照れているためとわかっているので、ちっとも不快ではなかった。むしろ、こちらの顔はにやけてしまいそうになる。

「大丈夫だよ。温め直して食べればいい」

「肉が固くなっちまう」

「それなら、新しい肉を焼けばいい」

「勿体ねえよ、そんなの。……でも」

ゆっくりとこちらを見た霧也は、唇を尖らせて言う。

「夏彦さんが、それでいいなら、いいけどさ」

ふ、と思わず夏彦は笑みを零した。

それから霧也を抱き寄せ、頭を撫でる。

「なんだよ。猫扱い、すんな」

「いいだろ。保護したんだから」

「いいけど」

いいのか！　と夏彦は嬉しくてたまらない。

先日、初めて霧也と身体を重ねてから、夏彦はずっとこの調子だった。

隙あらば霧也に触れ、許可がおりれば毎晩のように、その身体を抱いてしまっている。

――しまった。まただ。

今もこうして触れていると、自身が再び頭をもたげ始めていた。

「もっ、もう無理だからなっ！」

気付いて、慌ててバスタブを出ようとする霧也を、夏彦は懸命に引き留める。

「わかってる。しないから、もうちょっとゆっくり、風呂に付き合ってくれ」

「風呂だけだぞ。……まったくもう。いくら栄養つけてもらっても、これじゃ体力が続かなくなるっての」

ごめん、と言って、つんとした鼻にこちらの鼻を摺り寄せた。そして、軽くキスをする。

恥ずかしそうにしつつも、霧也はそれを拒まない。

――自分でも気が付いていなかった理想のタイプが、具現化して、私に抱かれて、キスをしても、それを拒まないでいてくれる。まるで夢の中にいるようだ。

夏彦の胸は、感動でジンとしていた。

◆◆◆

——こんなに一か月が経つのを早く感じるって、生まれて初めてだ。

自分に素直になり、夏彦に甘え、できるだけ一緒に過ごすようになってからの日々は、瞬く間に過ぎていった。

田村と約束した期日は、明日に迫っている。

保護猫カフェは、夏彦のもとから去ることを決意してからすぐオーナーに話し、今日で辞めていた。

後任のスタッフはまだ見つからなかったのだが、それまでは灰崎が、多く出勤してくれることになっている。

『だから言っただろ。あんなボンボン、信用するなって。なんだよ、婚約者がいるから出て行けって。バカにしやがって』

事情を説明すると、それみたことか、というように灰崎は腹を立てていた。

だが、自分だけでなく、ボテがどれだけ夏彦によくしてもらったのかと懸命に説明すると、ようやく納得してくれた。

『別にバカにしたんじゃなくて、多分だけど。俺を可哀想《かわいそう》に思ってくれたんだと思う』

『それが気に食わねえんだよ。霧也だって、同情されるなんて、まっぴらだろ』

そうだけど、と霧也は俯いた。

『あそこまで責任持って世話してくれたなら、頑張ってくれたと思えるっていうか。俺だって、猫拾って世話してるから、気持ちはわかるし。……だからもし、俺が辞めた理由を聞かれても、知らないふりをしてくれよ。俺としては、あの人に迷惑かけたくねえから』

『まあ、霧也がそれでいいならいいけどさ。あんなのと縁を切って出て行くのは、俺は大賛成だね。転居先が決まったら、教えてくれよ』

わかった、と約束して、霧也は猫カフェをあとにした。

まだ夏彦は、会社から帰宅していない。

窓からの夕日が室内をセピア色に照らし、霧也をひどくせつない気持ちにさせた。

「俺はいなくなるけど。夏彦さんがいるから、大丈夫だからな」

霧也は猫ちぐらに手を入れて、中で丸くなっているボテの身体を、優しく撫でた。

「婚約者の人も、猫が好きなんだってさ。女の人のほうが、お前だっていいだろ。俺はもう、充分によくしてもらったから。お前も大事にしてもらえよ」

引っ越しの荷物など、ほとんどない。

大量に服を買ってもらったが、持っていく気はなかった。第一、そんなに収納できる部屋に、転居できるとは限らない。

――しばらく、田村ってやつが部屋を貸してくれるって言ってたけど。バイトの給料で住める部屋なんて、たかが知れてるからな。

落ち着いたらまたどこか、猫カフェで働きつつ、掛け持ちのアルバイトをするつもりでいる。

そんな霧也が気にしたのは、持っていく荷物のことよりも、ポテの健康管理だった。

細かく薬の種類や与える時間、気を付けることを書いて、置き手紙をすることにした。

しかしやがて夏彦が帰宅すると、いつものように素知らぬ顔で出迎え、手料理の夕飯を並べる。

「おおっ、今日はクリームシチューか！　すごいな霧也くん、どんどん腕を上げてるじゃないか！」

「いや、ルー使ったから。カレーと一緒」

「それにしたって、上手にできているよ。まるでプロみたいだ」

夏彦は、いつもこの調子だ。

こちらが恥ずかしくなるようなことばかり言う。それで、つい照れてこちらの態度がぶっきらぼうになってしまっても、怒るどころかむしろそんな霧也を愛おしそうに見つめてくる。

――好みは人それぞれ、って言ったらそれまでだけど、物好きな人だよな。でもおかげで俺は、誰かの特別になるってことを知れたんだ。

こちらがそんな感傷に浸っていると知るはずもなく、ふたりしてテーブルについても夏彦は、ずっと目をきらきらさせてこちらを見ていた。

「さあ、食べよう。いい匂いだ。サラダも作ってくれたんだな」

「うん。でもトマトは入れてない。……あんまり好きじゃなさそうだったし」

「気が付いていてくれていたのか！　嬉しいな」

そんなことくらいで、夏彦はいちいち喜んでくれる。

――こんなことくらいで喜ぶのって、世界中であんたくらいだよ。どこまでも懐《ふところ》が広くて、なかなか俺が素直になれないとこも、つい照れて可愛げのないことを言うのも、全部許して受け止めてくれる。

そして霧也にとっても、そんな夏彦の存在は他の誰とも違う、特別なものになっていた。

――俺の親は、欲しくないのに子供ができて、育てられずに施設に預けたらしい。誰にも望まれずに生まれた、そんな俺を、本当に大切にしてくれた。婚約者がいたのは、正直、ショックだったけど。それでも俺を、保護して、拾ってくれたこと。俺は絶対、忘れない。

霧也は胸に痛みを覚えつつ、自分もスプーンを手に取った。

――俺の知らない、上流社会の人間ってのは多分、愛人作ったりパトロンになったりってのは、普通なんだろうな。でも俺は、そんな器用なことできねえし、わかんねえ。あんたを独り占めしたくて、いつかきっと婚約者って人も、傷つけちまうと思う。だからその前に、退散するよ。……でも、夏彦さん。俺にこんな温かい食卓を教えてくれて、ありがとう。

心の中でつぶやいて、霧也は涙と一緒にシチューを飲み込んだ。

翌日の夏彦の出勤時は、いつもより少し丁寧に、いってらっしゃい、を言った。

田村は一時間後に、車で迎えに来る予定になっている。

荷物は、段ボール一つ分だ。猫グッズがなくなった分、来たときより減っていた。

ペアの時計も含め、夏彦に貰ったものは身の丈に合わない気がして、持っていかないことにする。

猫カフェで使っていたノートを一ページ破って持ってきて、霧也はそこに短い手紙をしたためた。

――えーと……『今まで、ありがとう。飽きたんで、出てく。服とか時計は、売って、ボテの飯代にして。わかってるかもしれないけど、ボテの薬の種類と時間を下に書いとく。誰か雇って、これ見せて、大事にしてやってください。霧也』……これでいいよな？　わかりにくいとか、字が間違ってるとかねえよな？

何度か読み直して納得し、リビングのテーブルの上に置いて、文鎮代わりにマグカップを置いた。

それからボテの部屋に行き、様子を見る。

「おい、ボテ。お前ともお別れだ」

「んにゃああ？」

いつもと違う雰囲気を察したのか、猫ちぐらからボテが出て来る。

「なんだよ、寝てていいんだぞ。お前はなんにも、心配することないんだからな」

霧也はボテを抱っこして、ソファに座った。

何度もブラシで梳《と》かしてやった、もふもふした毛並みに顔をうずめ、頭も背中も撫でてやる。

ぐるるるる、と喉を鳴らす音に、霧也は笑みを浮かべた。

「よかったなあ。こんないい部屋に住めて。毛艶もつやっつやになったじゃねえか。きっとお前、長生きできるぞ。俺の分まで、夏彦さんにうんと可愛がってもらえ」

それから田村との待ち合わせ時間まで、霧也はずっとボテを抱き、ぼんやりと思い出に浸っていた。

——来たばかりのときは、わけわかんなかったけど。いい夢を見せてもらった。婚約者ってのは、反則だろうと思うけど。

それでも霧也は、夏彦に感謝こそすれ、恨む気持ちにはなれなかった。

——俺は難しいことわかんねえけど。家族や会社のことを考えたら、やっぱり先々は子供とか欲しいよな。俺は夢を見れて、あの人も楽しそうだったし、ボテは安住の地を手に入れた。これ以上を望むのは、贅沢ってもんだ。

心の中で自分にそう言い聞かせる霧也だったが、気が緩むと涙が零れそうになってしまう。

ふう、と霧也は溜め息をついた。

「なんでこんな、悲しくなってんだろうな。俺もあの人も、ここでアホみたいなことばっかり、やってたはずなのに」

シェフの言っている言葉の意味が、まるでわからなかったこと。

ものすごい高額だと知って、座りにくくて仕方なかったソファ。そこにボテが毛玉を吐いて、青くなったこと。

夏彦がピシッとしたスーツのまま、猫のトイレ掃除をしていたこと。

霧也がここに住む、と言ったとき、夏彦が喜びすぎて珈琲を零したこと。

不思議なことに、楽しかったことを思い出すほど、涙を我慢するのが難しくなった。

「——時間だ。行かなきゃ」

霧也はボテを床に下ろし、そっと小さな頭を指先で撫でた。

「じゃあな。元気で、うんと夏彦さんに甘えろよ」

玄関を出て行くとき、ボテはドアのぎりぎりまでついてきた。

胸が締めつけられるように感じながら、霧也は夏彦への想いを断ち切るようにして、ドアを閉めたのだった。

待ち合わせの時間には、十五分ほど早かったが、マンションの前にはすでに田村のセダ

ンが待っていた。

田村は霧也の姿を見つけると、運転席から顔を出す。

「荷物、トランクに入れますか？」

「いや。そんな大きくねえから。後部座席に乗ると思う」

霧也は言って、運転席の後ろの席に段ボール箱を置き、その隣に座った。

田村はこちらを、ちらりと見て言う。

「ちゃんと日時を守って下さってよかった。少し心配していたんですよ。心変わりなどされたら、どうしようかと」

「しねえよ、バーカ。それより引っ越し先って、どこなんだよ？」

唇を歪《ゆが》め、吐き出すように尋ねると、前を向いて車を発進させつつ、田村は答える。

「しばらくは、都内でホテル暮らしをしてもらいます。別に構わないでしょう？」

「ホテル？　いいけど、仕事先を探しにくいな」

「転居するまでの料金は、こちらが支払いますので。しばらく我慢して下さい」

正直、なんでもよかった。

どんなホテルだろうと、霧也が以前住んでいたアパートよりはましだろう。

――あそこのアパートも、取り壊しが前提で安く借りてたからなあ。次を見つけるのが大変そうだ。

そんなことを考えるうちに、車はビジネスホテルの駐車場に入っていった。

「今後のことをお話ししたいんですが。お時間は、大丈夫ですよね」

なんで部屋までついてきたんだろう、と霧也が思っていると、田村はそんなことを言って、ソファに座った。

ビジネスホテルのこの部屋は、三十平米はあるだろうか。広々として清潔だが、内装は殺風景だった。

けれど奥行のある廊下には、全身が映る姿見や大きなクローゼットもあり、ユニットバスも広い。

あれ、と霧也は首を傾げた。

「あのさあ。ベッド、ふたつあるんだけど。泊まるの、俺ひとりだよね？」

「もちろんです。私は泊まりませんが、二人用の部屋でないと、入ってお話ができないのでね」

「ロビーで話せばいいじゃねえか」

「チェックインのときのあの場所、見ましたか。狭かったでしょう？　落ち着いて長話のできるところじゃなかったですから」

だったらそういうロビーのホテルにすれば、あるいはホテルのラウンジか、喫茶店で話せばよかったではないか、と霧也は思った。が、どうでもいいとも感じた。

「まあ、なんでもいいや。いつまでに転居先を決めるとか、そういう話？」

「そんなところです。……失礼、その前に珈琲を淹れます。喉が渇いてしまって」

田村は立っていって、備え付けの電気ポットに、冷蔵庫のミネラルウォーターを入れて湯を沸かした。

それからわざわざ、カップをふたつ洗面所に持っていって洗い、戻ってくる。

なんだかがっくりと脱力して、霧也は無機質な部屋を眺めていた。

別になにが不足ということもないのだが、とてつもなく冷たく、寂しい空間という気がする。

こんなところに何日もいたら、気が滅入《めい》ってしまいそうだ。

早いところ、転居先と職場を決めよう、と考えていると、小さなガラスのローテーブルに、珈琲の入ったカップが置かれる。

サービスで置いてあった、インスタントのものだろうが、香りは悪くない。

「どうぞ。ミルクとお砂糖は？」

「いらね。でも喉が渇いてたから、サンキュ」

香りにつられて一口飲んだ珈琲は、夏彦が淹れたものと比べると、別の飲み物かと思うくらい不味かった。

「それで、話って？」

「それがですね。夏彦さんとの暮らしについて、いくつかお尋ねしたいのですが」

田村の話は、とりとめのないものだった。

どんな暮らしをしていたのか、生活費はいくらくらいかかったのか、光熱費は、食費は、など、霧也は知らないことばかりだ。

「わかんねえよ。俺には具体的な金額とか、全然知らされてなかったからさ」

それでも田村は延々と、どうでもいいことをしつこく聞いてくる。

霧也は不味いと思いながらも、退屈で手持ち無沙汰なので珈琲を飲み、早く帰ってくれと願っていたのだが。

田村の独壇場が続き、どれくらいの時間が経っただろう。

気が付くと、窓の外はすっかり暗くなっていた。

そろそろ夏彦は帰宅しただろうか。ポテは元気だろうか。とぼんやり考えた霧也は、座っている自分の上半身が、ゆらゆら揺れていることに気が付いた。

――え？　地震？　……違うよな？

「どうされました？」

聞いてくる田村の顔が、なぜかピンク色にぼやけて見える。霧也は軽く頭を押さえた。

「いや。なんか、あれだ。もう帰ってくんねえかな。眠くなってきた」

「眩暈《めまい》ですか？　身体に力が入らない？」

「……そんな、感じ……かも」

霧也がそうつぶやいた途端。

「うわっ、おい、なにすんだよ！」

ぐいっ、と腕を引っ張られ、霧也の身体は思い切り、ベッドの上に投げ出された。

「あー、やれやれ。時間がかかりましたけれど、やっとですね」

「ああ？　なにが……！」

自分のネクタイに指をかけ、ぐっと緩めた田村を見て、霧也は呆然とする。

その下半身の布が、思い切り持ち上がっていたからだ。

——なんだ、こいつ！　どういうつもりだ！

慌てて起き上がろうとしたが、身体にあまり力が入らない。

「なっ、なんだよ、これ」

「ちょっと、おとなしくしていて下さいよ。私はなんでもきちんとやり遂げる性格を買われているんです」

はあ？　とわけがわからずにいる霧也のシャツのボタンを、田村はテキパキと外し始めた。

「つまりあなたは同居中、夏彦さんとこういうことをしていたわけですよね。文字どおりの、ペットだ」

淡々と言う田村の言葉の意味を、咄嗟に霧也は理解できなかった。

「え……？」

「なるほど、男性にしては綺麗な顔と身体です。私も、こういう子なら抱いてみたかった。

悪くない仕事です」

　言いながら田村は、上着のポケットからスマホを取り出す。

「つまりですね。あなたとの性行為を、証拠として押さえておきたいんですよ。二度と夏彦さんに近づかない、保証としてね」

　——俺とやってるとこを、撮影するってのか？

　上手く回ってくれない頭で、霧也は必死に考えた。

「待てよ。こんなことする、意味がわかんねえ！　俺は、二度と夏彦さんと会ったりしねえよ、約束する！」

「自分としては、そんなことはどうだっていいんです。仕事として、遂行するだけなので」

　——駄目だ、話しが通じねえ。

　さて、と田村はまるで日曜大工でも始めるように、準備を始めた。

　スマホを撮影しやすい場所に設置し、さらには潤滑剤らしきゼリーのチューブを取り出す。

　霧也はもう一度立ち上がろうとしたが、やはり身体にあまり力が入らない。

　——薬？　さっきの不味い珈琲かよ。ふざけんな、このままおとなしくこいつに突っ込まれるなんて、冗談じゃねえぞ！

　想像するだけでゾッとする。田村は、特徴がないのが特徴、というくらい、平凡な外見をしていた。

見た目に嫌悪感があるわけではない。同性への拒絶感も、今はない。

ただ、夏彦以外に触れられる、ということに対して、激烈なまでの拒絶感を霧也は覚えていた。

——知らねえ他人の使った歯ブラシ使うくらい、気持ち悪ぃ！　舌噛んで死んだほうがましだ！

そんなこちらの思いにはお構いなく、田村が手を伸ばしてきた、そのとき。

「わ、わかった！　わかったから」

霧也は諦めたように溜め息をつき、できる限り平静な、困ったような顔を作った。

「やるのはいいよ。別に、全然ＯＫ。でもその前に、シャワー使わせてくれ。別にいいだろ、そんくらい」

田村の、薬のせいで二重にぼけた顔が、面倒くさそうに歪む。

「シャワー、ですか？」

「あのさあ。なんか、勘違いしてるんじゃねえかと思うけど」

霧也は軽い眩暈を覚え、冷たい汗を流しつつ、無理やり笑顔を浮かべてみせた。

「俺、薬きめて行きずりの相手とセックスするとか、別に抵抗ねえんだよ。あんた、俺のこと調べたなら、知ってんだろ？」

田村は、えっ、という顔をしてみせた。おそらくだがその様子からして、昔のことはあまり調べていないらしい。

「夏彦さんと知り合うまで、めっちゃくちゃ遊んでたの、俺。猫カフェの、タトゥー入れてる灰崎ってツレのこととか、知ってんだろ？　あいつともやってるし、あんたがやりたきゃ、好きにすればいい。ただ」

霧也はだるい腕を持ち上げ、嘘を並べながら髪をかき上げた。

「あんたが特殊な嗜好じゃねえなら、身体、洗ったほうがいいかなーって。三日くらい、風呂入ってないんだよね」

げっ、と能面のような田村の顔に、嫌悪感が浮かぶ。

思ったとおりだ、と霧也は内心、にやりと笑う。猫カフェでの行動から、田村はかなりの潔癖症だ、と感じていたからだ。

「み、三日もですか」

「面倒くさくてさ。もちろん夏彦さんとは、やる前に風呂入ってたよ、でもあの人、淡白だから。セックスはせいぜい、週一って感じだったんだよね」

もちろん大嘘だ。多いときは一日に三度も四度も求められて、失神しかけたこともある。

霧也はさらに、必死に唇の端をつり上げて笑ってみせた。

「だから俺、どっちかっていうと、猫と一緒に寝ること多くてさ。ダニとかノミとか、うじゃうじゃくっついてんじゃねえかなあ。あちこち舐められてるし」

「そ、それは、ちょっとご遠慮したい」

本気で田村は、嫌そうな顔をした。

「あんたが気にしねえなら、別にいいけど。始める？」

「いやいや！　そのままは、勘弁して欲しい。さっさと綺麗にしてきてください」

まるで犬でも追い払うように、田村はこちらに向かって、しっしっと手を振った。

ハーイ、とことさら陽気な声で霧也は言い、ベッドから降りて風呂場へ向かう。

田村は呆れたように溜め息をつき、設置していたスマホを手にし、ソファに座った。

霧也はふらついてはいたが、なるべくへらへらと楽しく酔っているような表情と足取りで、廊下の先のユニットバスへと向かう。

ユニットバスの手前の脱衣所で、ふう、と霧也は胸を押さえ、呼吸を整えた。

──大丈夫だ。歩けないわけじゃない。

そしてバスルームに入ると、思い切りコックをひねった。

ザアッと激しい音をさせたまま、再び廊下へと戻る。

廊下からベッドルームへは、数メートルの距離があり、ちらりとそちらへ目を向けた。

ソファに座っている田村も、一瞬スマホの画面からこちらに目を向ける。

霧也は、廊下に造り付けになっている、大きなクローゼットの扉を開き、中からバスローブを取り出すふりをして死角を作る。

もう一度田村の様子を見ると、誰かと電話で連絡を取っていた。

今だ、と霧也はバスローブを脱衣所に放り投げると、自分はそっとドアを開き、外へと飛び出したのだった。

こちらが逃げ出したことに、田村がいつ気が付くかはわからない。ともかく、霧也がホテルのエレベーターに乗って階下へ降りるまで、バレなかったことは確かだ。

霧也はホテルの外へ飛び出すと、今度は目に付いた通り沿いの、りんかい線に通じるエレベーターに乗る。

「くそっ。くらくらする……」

ジーンズのポケットを探ると、幸い数百円の小銭が入っていた。

——しまった、スマホは置いてきちまったか。まあいいや、どこでもいい。行けるところまで行ってやる。

切符を買うと行先も確かめずに、やってきた電車に飛び乗った。

平日の昼の地下鉄は空いていて、霧也はシートに崩れ落ちるようにして座る。

そうしてなんとか難を逃れた霧也だったが、困ったことに、行く当てが思いつかなかった。

◆◆◆

「辞めた？　霧也くんが？」

いつものように昼休み、保護猫カフェにやってきた夏彦は、話を聞いて愕然としていた。寝耳に水。青天《せいてん》の霹靂《へきれき》だ。

「うん。……なんか、あれだよ。給料安いし、飽きたとか言ってたかな」

細い眉を顰めて言ったのは、霧也の友人の灰崎だ。

「そんな理由で？　……きみは前から知っていたのか？」

「まあな。大変だったんだぜ、後釜のスタッフがなかなか見つからねえから、俺が穴埋めして」

「後釜……そんなに前から、彼は辞めるつもりでいたのか」

落ち着け、と夏彦は、自分自身に心の中で言う。

——必ずしも、悪い話とは限らないじゃないか。最近は、夜のアルバイトもしていない。私とボテくんとの暮らしを満喫するために、辞めたという可能性もある。

電話をしてみようか、と思ったが、帰宅してから直接確かめるべきだろう。

おかげで夏彦はそれから半日、珍しいほど仕事に身が入らず、秘書に夕方の予定をキャンセルしてもらったのだった。

「──なんだ、これは。いったい、どういう意味だ」

霧也がいるとばかり思っていたマンションには、ボテしかいなかった。

異変を感じて霧也の部屋に飛び込むと、なぜか引っ越しのときに持ってきていた、わずかな荷物がなくなっている。

ざわっ、と総毛立つほどに嫌な予感がして、慌てて各部屋を見て回り、そして夏彦はリビングのテーブルの上に、手紙を見つけた。

「まさか、出て行ったというのか？　ボテくんを残して？　……猫カフェを辞めて……なぜだ。どうしてなんだ！」

足もとの床が、いや世界中が、ガラガラと崩れていく錯覚に陥った。

夏彦の脳内ではものすごいスピードで、なにか嫌われることをしただろうか、あれが悪かったのだろうか、と原因究明のための判断材料が駆け巡る。

「んなおお」

その足もとに、とことことやってきたボテが、身体を摺り寄せるようにしてきた。

「ボテくん！　これはどういうことだ。なにか聞いているか？」

んなー、とボテは悲しそうな声を出す。

──な、なにを言われているのかわからない……！

が、すぐに我に返る。

――いや、待て。当たり前だ。冷静に考えなくては。霧也くんは、私を嫌ったのであれば、嫌いだとはっきり言う性格だろう。少なくとも、嫌なのに、あんなに嬉しそうなせつなそうな顔で、私とデートをするような、そんな器用な青年ではない。……そうだ！

ハッ、と夏彦は顔を上げた。

「飽きたなんて理由で、霧也くんが保護猫カフェを辞めるわけがない！　ボテくんを置いていくはずがないじゃないか！　彼はそういう人だ！」

夏彦は上着のポケットから、スマホを取り出した。

操作をしようとした手を引っ込め、しばらく画面を見つめて考える。

——慌てるな。行先は、GPS機能でおおよそわかるんだ。今電話をして、正直に理由を話してくれるくらいなら、最初から言ってくれていただろう。なにか別の……嘘をついてまで、私のもとから離れる必要があったはずだ。

その原因を、まずは解明しなくてはならない。

夏彦は大急ぎでボテに新しいフードと水を与え、さっと猫砂を取り替えてトイレ掃除をしてから、再びマンションを飛び出した。

「きみはなにか知っているはずだろう、灰崎くん」

夏彦は再び、保護猫カフェに赴いていた。

カウンターの灰崎は細い眉を思い切り寄せ、こちらを睨んでいる。

「ああん？　しつけーな、あんた。さっき話はしただろうがよ」

声にドスをきかせたため、フロアで猫と遊んでいた女性たちの、困惑した視線がこちらに集まる。

「ほら。他のお客さんたちの邪魔になるから、帰ってくれ」

「ならば私も客だ。料金を払えば問題ないだろう」

ちっ、と灰崎は舌打ちをする。

「そういう問題じゃねえよ。霧也からは、行先に関してなにも聞いてない。教えられてねえってことは、これで縁切りってことだろ。俺とも、あんたとも」

「私には、そうは思えない」

夏彦は灰崎から、フロアの猫たちに視線を移す。

「万が一、我々と縁を切るとしてもだ。彼がうちにいるボテくんや、ここの猫たちを、無責任に置いていくはずがないんだ。それはきみもわかっているだろ？」

知らねーよ、と灰崎は腕を組む。

「あんたこそ、霧也のことなんてペット感覚だったんだろ？　俺もあいつほどは、猫には詳しくねえけどさ」

灰崎は、忌々《いまいま》しそうに吐き出した。

「あんた知ってるか？　一番最低なのは、猫が嫌いなやつでも、触ろうとしないやつでもねえ。可愛いからってちょっと手元に置いて、頭撫でて、甘えさせて信用させてから、やっぱりいらねえ、って捨てるやつだぜ！」

「当たり前だ！　私だって、そんなことはわかっている！」

「なんだと？　だったらどうして」

言いかけて、ぐっと言葉を呑んだ灰崎は、やはりなにか知っているのではないか、と夏彦は感じた。

「きみは私のことを、そんなふうに霧也くんから聞いていたのか？」

「い、いや、そうじゃねえけど、見てりゃわかる」

灰崎は口ごもり、初めてうろたえた様子を見せた。なおも夏彦は詰め寄る。

「頼む、私を信じてくれ。なにか誤解か、勘違いがあるのかもしれない。話し合うことくらい、させてくれてもいいだろう？」

「そんなの、簡単に信用できっかよ。あんたのこと、俺はよく知らねえし」

「じゃあ、どうしたら信じてくれるんだ。言ってくれ、なんでもする」

「なんでもって言われてもな」

ううん、と灰崎は天井を見上げた。

「金でも賭けさせるか？　いや、違うな。なんか、大事なもんを担保にするとか……」

「それなら、これだ！」

夏彦はスマホの待ち受け画像を、ドン！　と灰崎に突き出した。

「もし嘘だったら、この史上最高によく撮れた、世界で唯一無二の霧也くんのこの、貴重で大事な画像。これを削除する。書面に記してもいい」

「ああ？　バカにしてんのか、あん……た……」

いきりたった灰崎だったが、画像を目にした途端、ふいに声が小さくなった。

そしてその目が、画像に釘付けになる。

映っていたのは、ベッドでボテを抱っこし、こちらに照れくさそうに笑いかけている、パジャマ姿の霧也だった。

「……霧也。あいつ。こんな顔して、笑えるのかよ……」

つぶやいて、灰崎は夏彦を見た。それからもう一度画像を見つめ、またこちらに視線を移す。

「あいつがこんな顔してるの、初めて見た。ガキのころからずっと一緒にいて、こんな……安心し切った幸せそうな顔するなんて、想像もできなかった」

神妙に言うと、灰崎はじっと、なにか考えるように黙りこむ。

それからゆっくりと、顔を上げて言った。

「スーツを着たやつが、話があるってあいつを訪ねてきたことがある。そいつが帰ってから、霧也は滅茶苦茶落ち込んで、溜め息ばっかりついてた」

灰崎は霧也がなぜ夏彦のもとを去らなくてはならないのか、理由を聞いて知っていた。

そして、それを夏彦には内緒にしてくれと言っていたことも含めて、すべて教えてくれたのだった。

『あんたに婚約者がいるから、俺は邪魔になっちまったって。会社での外聞が悪いとかなんとか』

『ボテの面倒を見てくれそうな、優しい女性みたいだし、充分によくしてもらったから、自分はもういいって言ってた』

『楽しい夢が見れたから、それでいいんだって』

『あいつ、ちょっと泣いたりして。俺はブチ切れて、あんたのこと、ボロクソに言ったんだけど。……でも。霧也は絶対に、一言も、あんたの悪口は言わなかった』

とりあえず運転手に発進させるように言った車の中で、灰崎の説明を頭の中で反芻《はんすう》しながら、夏彦は頭蓋骨《ずがいこつ》が爆発しそうなほど、激怒していた。

霧也にそんな出鱈目《でたらめ》を吹きこんだのが誰なのか、目的はなんなのか、即座に見当がついたからだ。

『霧也を訪ねてきた男の、名前までは知らねえけど。いかにも俺たちとは違う世界の人間、て感じだったよ。もちろん、あんたほど華もねえし格下な感じだったけど、髪をびしっとした、ビジネスマンて感じのやつ』

──婚約の話を持ち出していたということは、間違いなく、三橋桃花の差し金だろう。男は個人的に雇っている使用人か、あるいは三橋本社の社員かもしれない。私が霧也くんと同棲していることを知り、彼を排除しようと画策したのだろう。……愚かな。

ためらいなく夏彦は車内から、桃花の父親に電話をした。事情を説明して実家とは別にある、彼女の自宅の住所と、オートロックの番号を聞く。

幸い、休職中ということなので、桃花は現在自宅にいるらしい。

父親はかなり驚いた様子で恐縮し、自分か母親が説得しに行くと言ったが、到着を待ってはいられなかった。

ウォーターフロントにある桃花のマンションまでは、車でさほどかからなかった。

夏彦は車を降り、運転手に告げた。

「終わったら連絡する。それまで周辺を回っているか、見つかったらパーキングに入っていてくれ」

マンションの入り口前には、水が湧き出ているオブジェがあり、ちょっとした広場のようになっていた。奥のほうには、立体駐車場が見える。

と、車を出た夏彦のスマホに、着信があった。

秘書からのメールで、今日のスケジュールの変更についてだった。

返信をすませた夏彦の目に、霧也の待ち受け画像が映り、ぎゅっ、と胸が潰されるような痛みを感じる。

――桃花と対峙《たいじ》して話しさえすれば、こちらはすぐにカタがつく。その前に霧也くんと、連絡を取るべきだろうか。

一刻も早く弁解したい気持ちと、すべて問題をクリアにしてから、安心して戻るように言うべきだという気持ちが、夏彦の中でせめぎ合う。

夏彦は画面を見ながら悩みつつ、マンションの玄関へと歩いていった。

そして、オートロックの操作画面の前で立ち止まる。

――子供ではないのだから、今どこでなにをしているかまでは、心配する必要はないと思うが。灰崎くんも、転居先が決まってから連絡をもらう予定と言っていたからな。それまでは、ネットカフェにでもいるつもりだろうか。しかし気になる。寂しさから女の子に接近などしていたら……いや、彼がしなくとも、女の子のほうが放っておかないかもしれない。繁華街などにいないといいんだが。

「そうだ、ともかく位置情報を確認しておこう」

夏彦はスマホを取り出し、GPS機能で居場所を特定しようとする。

すると、妙なことがわかった。位置情報によると、どうやら近くにいるらしいとわかったからだ。

「まさか、三橋桃花に呼び出された、なんてことはないだろうな」

ともかく電話をしてみよう、と夏彦はスマホを操作する。

するとそのとき、背後から足音がした。

住民の邪魔になっては悪い、と夏彦は、横にどいたのだが。

【ニャーン、ニャオーン、ニャオニャオ】

突然猫の鳴き声が聞こえて、夏彦はハッとそちらを見た。

するとオートロックを操作していた男が、慌てたように胸ポケットからスマホを取り出し、眺めている。

――この猫の鳴き声！　私が設定した、霧也くんの着信音じゃないか！

様子を見ていると案の定、スマホを取り出した男は困惑した顔で、きまり悪そうにスマホの電源を切った。

夏彦が自分のスマホを見ると、呼び出しが切断された表示が出る。桃花のマンションにやってきて、猫の声の着信音のするスマホを持つ男。

この男が保護猫カフェで、霧也にあることないこと吹きこんだ、桃花に雇われた男だ、と夏彦は確信する。

――だとしてもなぜこいつが、霧也くんのスマホを持っている！

男が、オートロックの操作をし終え、扉が開いた瞬間。

「貴様を雇ったのは、三橋桃花だな？」

腕をガシッとつかむと、男はぎょっとした顔でこちらを見た。

一瞬、暴漢にでも襲われたと思ったのか、腕を振り払う様子を見せたが、夏彦の顔はビジネス界隈では知れ渡っている。

すぐに気付いたらしく、その表情はおどおどしたものになった。

「こ、これは志賀峰さま。あの。わたくしに、なにか」

「しらばっくれるな！　行くぞ」

夏彦は言って、男の手を引っ張り、ずんずんとエレベーターホールに向かって歩き出した。

コンシェルジュがきょとんとして見ているが、観念したのか男はうなだれ、助けは求めず、抵抗もしない。白洲《しらす》に引き立てられる罪人のようにしおらしく、エレベーターに乗った。

「そのスマホを渡してもらおう。こちらの話は、わかっているな？」

低い声で言うと、男はかすかに震える手で、先ほど猫の鳴き声の着信音を響かせたスマホを、素直に差し出してくる。

「これをどこで、霧也くんから奪った」

「う、奪ったりはしていません！　ほ、本当です、忘れていったので持ってきただけで」

「忘れていった？　どこにだ？」

「それは、その」

「どこで彼と会っていたと聞いているんだ！」

一喝すると、ひいっ、と男は情けない声を上げる。

そのときエレベーターが開いたので、夏彦は腹立ちまぎれに男を突き飛ばすようにして、廊下に出たのだった。

「えっ、なんで夏彦さんがいるの。どういうことよ、坂下《さかした》!」

ドアを開いた桃花の部屋に、男を押し入れるようにして、夏彦も一緒に入った。坂下というのが、男の名前らしい。

表情から、夏彦が地獄の鬼のように憤怒していることがわかったようだ。桃花は心持ちあおざめていた。

「ど、どうしたの、夏彦さん。そ、そうだ、もしかして坂下が、なにかご迷惑をかけたのかしら? ええと、この男は私個人の使用人というだけで、勝手に彼がなにかしたとしても、私には関係ないと思うけれど」

すべての事情は判断できなくとも、咄嗟に自分の身に、都合が悪いことが起こったと理解したのだろう。

挨拶もそこそこに釈明を始めた桃花の部屋に、夏彦はずかずかと無言で押し入る。

そして、きっちりと化粧のされた顔を、サンドバッグのように殴り倒したいのをぐっとこらえ、すう、と息を吸った。

「三橋さん。きみは、遠野霧也くん……私の大事な同居人に、なにかした覚えがあるかな」

ええー？　と桃花は、わざとらしく目をぱちくりさせ、なにも知らない、という顔をする。

「なんのお話？　同居人？　そんな人がいたの？」

そうか、と夏彦は、視線を坂下に移す。

「であれば、この男だけが問題行動を取ったということか。出るところへ出るつもりだが、覚悟はできているな？　こちらには顧問弁護士がいる。そちらも必要ならば手配するといい」

桃花と坂下が霧也になにをしたのか、詳細な真相は、夏彦にもまだわからない。

半分はカマをかけるつもりで、冷徹な表情と口調で告げると、坂下は血相を変えた。

「ちょっ、待ってくれ！　お、俺は、桃花さんに頼まれただけで、仕事でやっただけだ！　関係ない！」

「なっ、なに言ってんのよ！　あんただって、悪くない仕事だって言ってたじゃない！」

「……霧也くんに、なにをした」

夏彦は、悪魔のような眼光で彼らを睨み、憎悪を込めた声で言う。

「なにをしたと聞いているんだ！　返答によっては、貴様らの未来も存在もなにもかも、全身全霊で叩き潰してやるからそう思え！」

夏彦の怒号に、ふたりは蒼白になった。

「ま……待って」

かろうじて声を出した桃花の顔は、びっしょりと汗に濡れている。

「聞いて。あ、あなたは、ちょっと気の迷いが出てるのよ。時間が経てば、きっと私に感謝するわ」

「なんだと？」

ギロリと睨むと、桃花の背後に隠れるようにして、坂下が泣きそうな顔になった。

桃花は震えつつ、果敢にも弁解を続ける。

「だって、相手は男じゃないの。それも施設で育った、親もわからないフリーターの青年。身分違いにもほどがあるわ。それに、あなたの立場を考えたら、いずれ子供が必要になる。そのとき困るより、今なら釣り合いの取れる相手がいるって、気付いて欲しかったの。……わ、私なら、あなたの子供の、いいお母さんになれるわ。学歴だって、見た目だって、絶対に優秀な遺伝子が……」

そういうことか、と夏彦は、予測が当たっていたことを確信する。

坂下を使ったのか、興信所に頼んだのかはわからないが、桃花は夏彦が霧也と同居していることを知ったのだろう。

どこまでの関係かはわからなかったとしても、夏彦が自分に興味をまったく示さなかったのは、その青年のせいではないかと感じた。

もし夏彦が同性愛者であれば、自分に興味を示さなくとも無理はない。プライドが傷つかないという安心感も込みで、桃花はそう結論付けたのではないか。

とはいえ夏彦がゲイではなく、バイセクシャルの可能性もあるし、ファミリー企業の一員としての立場を考えると、ふたりの関係につけ入る隙がある、と思ったのかもしれない。けれどそれは夏彦にとって、許しがたいほどの余計なお世話だった。いや、そんな生易しいものではない。

邪魔。まさに、邪悪な魔物だ。

「それで、きみたちは霧也くんになにをした。坂下と言ったな。答えなさい。私がどこまで人間性を捨てて残酷になれるか見たいのであれば、嘘をついてみればいいが」

「いえっ、あのっ、わ、私はとても、そんなつもりは」

しどろもどろで、坂下は説明をし始める。

霧也を騙《だま》し、ホテルに連れて行ったこと。そして証拠の写真を撮るために、ドラッグを使用した挙句、いつの間にかいなくなっていたこと。

「しかし、ほ、本当に私は、命じられただけで。仕事として、無理やりやらされて」

「なに言ってんのよ！　あの子ならいいって、乗り気だったじゃない！」

ふたりの言い合いを聞くうちに、夏彦の目の前は怒りで赤く染まり、彼らを八つ裂きにしたい衝動に駆られた、そのとき。

オートロックのインターホンが鳴り、助けを求めるように桃花が、応答マイクに飛びついた。

「は、はいっ、三橋です！」

するとスピーカーから、慌てた男の声がする。

『おっ、おい、桃花！　なんてこと、してくれたんだ！』

やってきたのは、親会社の取引企業の一つである会社で会長を務めている、桃花の父親だった。


ずんぐりと太り、人のよさそうな丸い顔をした桃花の父親は、やってくるや否や思い切り、桃花の頬を引っぱたいた。次に坂下を拳で殴り、蹴り倒す。

そして自らも一緒に並んで土下座をすると、必死に夏彦に対し、娘の非常識な振る舞いを詫びた。

「も、申し訳ない。夏彦くん！　まさか、ここまで娘が愚かな真似をするとは。親バカここに極まれり、と私の責任を痛感致しております！　なにとぞ、どうか穏便にすませていただければと！」

「……では。三橋さんの顔に免じて、今回だけは引きましょう」

夏彦は怒りを通り越し、殺意を押し殺した声で桃花の父親に告げた。

「ただし、次はありません。娘さんが、今度私のプライベートに介入したら。お宅の系列会社、関連企業、子会社に至るまで、どんな汚い手を使ってでも潰しにかかります。私は、一度口にしたことは絶対にやる！　そのおつもりでいて下さい」

桃花は床に額をこすりつけるように強引に後頭部を父親の手で押さえつけられている。

三人は黙って聞いている。

夏彦は、ガンッ！　と思い切り拳で壁を叩いた。

かかっていたパネルがガコン！　と落下し、三人はビクッとする。

「返事は！」

怒鳴ると、ハイッ、と三人は同時に叫んだ。

娘の我儘《わがまま》のために、長年の付き合いがある大口の取引先と縁を切るほど、父親はバカではないだろう。

まだとても腹の虫はおさまらないし、比喩ではなくリアルに叩き潰したい気持ちに変わりはないが、今はそれどころではない。

ドラッグを使われたまま、どこかへ逃げ出したという霧也を、一刻も早く探さなくてはならなかった。

——どこだ、霧也くん。

夏彦はいったんマンションに戻り、運転手を帰した。そして自分の運転で坂下が利用したというホテルの周辺、そして自宅マンションと駅の往復、さらには保護猫カフェの周辺を、ぐるぐると回っている。

いつもの車は大きすぎるので、乗っているのは小回りの利くツードアのセカンドカーだ。もちろん念のため、灰崎に話を聞いたが、保護猫カフェにも連絡は来ていないという。一応、かつて彼らが育ったという、施設の住所も聞いておいた。が、今は取り壊されているうえに、電車で二時間近くかかる場所だという。

もちろん、霧也のスマホは坂下から取り返し、夏彦が所持していた。これではせっかくのGPS機能も、役に立たない。

——もし現金を所持していないなら、ホテルからそう遠くへは行けないと思うんだが。

そう考え、途中でパーキングに車を駐め、細い路地やファストフード、喫茶店などものぞいてみたが、どこにも姿はない。

——大丈夫だ。子供ではないんだから、坂下や桃花が動かないのであれば、危険な目に遭《あ》うことはないだろう。

夏彦は必死に自分にそう言い聞かせる。だが、ドラッグを飲まされたというのが、どうしても気になった。

——もしもどこかで、具合が悪くなっていたら。私に助けを求めながら動けなくなっていたらと思うと、心配でおかしくなりそうだ。

走りに走り、ホテル周辺の店という店をしらみ潰しにすると、夏彦は仕方なく車へ戻った。

そして歯を食いしばり、懸命に、霧也が行くとしたらどこだろう、と頭を巡らせたのだった。

◆◆◆

『そんなところで、なにをしているんだ霧也くん。ずっと一緒だと言っただろう』

『……ああ。そう。そうだよな。なんか俺、すっげー嫌な夢、見てたみたいで』

霧也が手を伸ばすと、抱き寄せようとしてくる腕がある。

その温もりに、じわりと涙がにじんだ。

『あー……なんだよ、やっぱり夢か。よかった』

『そんなに嫌な夢だったのかい？』

『聞いてくれよ、もう最悪！　思い出したくもねえよ。そんなことより、飯食おう。一緒のテーブルで、つまんねえこと言って笑いながら、ほかほかの飯が食いたいんだ。あんたと、ボテと俺とで』

涙を浮かべたまま、笑って夏彦に腕を絡めたそのとき、なんだかふいに、ひどく酒臭い、と霧也は思った。

薄く目を開くと、遠くに夜景が見える。すっかり日が暮れていて、冷たい風が頬を撫でた。

——なんだろう、ここ。なんとなく見覚えがあるような……。

そこはテーマパーク前の広場に設置された、ベンチの上だった。

すでに閉園時間を過ぎているようで周囲は静かだが、まだドラッグは身体から抜け切っていないらしい。頭はひどくぼーっとして、手足も弛緩していた。そして。

「……ッ！　なっ、なんだお前っ！」

「なんだって。兄ちゃんが、誘ってきたんだろうがよ」

自分の上に、泥酔した男がのしかかってきていることに気が付き、霧也の背中に悪寒が走った。

「ふ、ざけんな……っ、誘うわけ、ねえ……っ」

「なんて言って、こんなにしてるじゃねえか」

下卑た声で男は笑い、足の間に手を差し入れてくる。

「やめろ、やめろって！」

「ここまでさせてよお、こんな中途半端で、やめられるかよ！」

どうも堅気の男ではないらしかった。一応スーツは着ているものの、坊主頭でピアスをつけ、首もとに入れ墨がのぞいている。

「嫌だっ！　なにすんだ、この野郎！」

男の舌が首筋に這《は》い、気持ち悪さに霧也の身体がすくむ。

喧嘩に自信がなくはなかったが、なにしろ身体の自由がきかない。

悪夢から覚めたら、また悪夢の中にいるようだ。

「っあ！　やっ、嫌だって、言ってんだろうが！」

「うるせえ、おとなしくやらせろ、ガキが……ぐえっ！」

怒鳴った男の身体が、急に破裂したように吹っ飛んだ。

「この、痴《し》れ者！」

薬でかすんだ霧也の視界に、ドスッ！　ともう一撃、男の身体に強烈な蹴りが入ったのが映る。そして、次の瞬間。

「霧也くん、大丈夫か！」

ふわっと懐かしい香りと腕が、霧也を包んだ。

「な……」

「やっと見つけた！　探したぞ！」

夏彦さん、と言いたかったが、泣き出してしまいそうで言えなかった。

「また夢なのかよ？　俺、もう、嫌だよ」

再び夏彦を失う喪失感を覚えるのかと思うと、身体が震えた。我知らず、涙が頬を転がり落ちる。

「もう覚めたくない。……あんたのいる今のまま、ずっと夢を見ていたい」

「霧也くん。覚めていいんだ！」

髪をわしわしと撫でてくれながら、優しく力強い声で夏彦は言う。

けれどまだ霧也は、この感触が本当のものなのか、実感が持てなかった。

「夢から帰ってきなさい！　ここは、きみを保護する私がいつまでもずっと傍にいる、きみの唯一の現実だよ」

本当だろうか。信じていいのだろうか。

まだ薬で朦朧《もうろう》としている霧也は、すがりつくように夏彦に腕を伸ばした。

――このまま、ずっとこのままがいい。

目を閉じた霧也は、遠のく意識の中でそう願っていた。


次に薄く目を開いたとき。

霧也は胸の上に、重たいものが乗っているのを感じた。

室内には、一番小さな間接照明だけがつけられていて、部屋はオレンジ色に染まっている。

――俺の、部屋。夏彦さんの家の、いつものベッド。

「んなあああー」

胸の上に乗っていたボテが、目覚めた霧也に気が付いて、のしっ、と顔に向かって歩いてきた。

そして、ぐるるるー、と喉を鳴らしながら、霧也の顔に額や鼻をこすりつけてくる。

ボテ、と優しく声をかけ、霧也はしっかりとその身体を抱き締めた。

その温かさと重さを感じるうちに、だんだんと頭の中が、はっきりと覚醒してくる。

「あ。えっ、俺、なんで」

ガバッと飛び起きようとした霧也だったが、乗っているボテの存在を気遣い、ゆっくりと身体を起こす。

――ここ、俺の部屋だよな？　あ。運び出したはずの段ボールに、俺のスマホが乗ってる。なんでだ？　ええと、あの田村ってやつに薬を盛られて、ホテルを飛び出して……それから、またどっかで、変なやつに絡まれたような。それで……それで。

必死に考えていたそのとき、ガチャリとドアが開いた。

「おお！　気が付いたか、霧也くん！　具合はどうだ、気分は悪くないか！」

夏彦が小走りに、ベッドの傍まで駆けつけてくる。

「夏彦さん！　あ、あの。俺」

確か手紙を書いたよな、と霧也は思い出す。そして、自分が本来、ここにいてはいけない存在だということも。

けれど夏彦はベッドに腰を下ろすと、泣いているとも笑っているともつかない表情で、思い切り霧也を抱き締めてきた。

「悪かった。私のろくでもない『知人』の女のせいで、きみを傷つけてしまった。まさかああまで愚かなことをするとは、想定していなかったんだ」

夏彦は、静かな、しかし怒りを秘めた声で、桃花とその使用人、田村と名乗っていた坂下の企《たくら》みを説明した。

「薬の種類も問い質した。医者の知人に調べてもらったところ、幸いそこまで質の悪いものではないようだったが。まだ具合は悪いか？」

「……いや。もう平気。ちょっとだるいだけ」

「そうか。なら一安心だ」

霧也は体調より、他の部分に気持ちの悪さを感じていた。

一見、真面目そうなビジネスマンが、別人を名乗って、嘘をついて薬を飲ませ、脅《おど》しのための写真を撮る。

それは、派手な灰崎や昔の悪友などとは比べものにならないくらいの、人間の悪質さを見せつけられた気がしたからだ。

「なんか、すげえおっかねえな。背筋が寒くなる。その、桃花って女も」

「持ち物が巨大であるほど、関わる金が巨額になるほど、邪悪なものが寄ってくるのかもしれないな……」

つぶやいた夏彦に、霧也は言う。

「だけど、あんたは違うだろ。俺にも。ボテにも、すごく優しい」

「そんなことはない」

夏彦は身体を離し、しげしげと霧也を見つめた。

「私は仕事に関しては、冷酷だ。それは自分でも認めている」

「あんたが？　信じられない」

「本当だよ。合理性が第一で、感情など、必要ないとさえ思っていた。私を優しいなどと評するのは……きみだけだよ、霧也くん」

そっと夏彦の手が、頰に触れる。

「おそらく私の目も、言葉も。きみに向いているときだけ、人としての血が通うからだろう」

「……夏彦さん」

「にゃうん」

夏彦と霧也の間に挟まれたボテが、ピョンとベッドを降りて、ドアの隙間から廊下へ出て行ってしまった。ずっと霧也を見守るようにベッドに乗っていて、空腹を覚えたのかもしれない。

くす、と夏彦は笑う。

「もちろん、ボテくんも例外だが」

「なあ。でもそれじゃ、夏彦さん」

霧也は照明のせいで、暖かなセピア色に染まった夏彦を、じっと見つめる。

「俺は、ここにいていいの？」

「当たり前だろう。むしろいなくなられては困る。私の命にかかわる」

「か、会社の跡取り、できなくていいのかよ？」

「仕事は有能な人材に継がせたい。血が繋がっている必要性を、私は感じない」

「あんたの親だって、孫とか欲しいだろうし」

「自然に授かるならともかく、目的や手段のために命を生み出すことを、私は望まない。親に望まれることもよしとしない。それよりも」

夏彦は膝の上に力なく置かれている、霧也の両手を取った。

「愛する者と一緒に、一度きりの人生を過ごしたい。きみに、きみだけに傍にいて欲しいんだ」

「本当に俺で、いいのかよ？」

「きみは？　私の傍にいるのは嫌か。正直に言ってくれ。無理にきみを、檻《おり》の中に閉じこめるような真似はしたくない」

霧也は、真っすぐに向けられた、真摯な色を浮かべる夏彦の瞳を見た。

しっかりと、けれど優しく手を握る夏彦の体温を感じた。

「俺は。あんたが保護してくれるなら。そこがたとえ檻だとしても、入りたい」

言いながら霧也は、まだあまり力の入らない手で、夏彦の腕を引っ張った。

「……霧也くん……？」

「ほっ、ほ……欲しいんだ。つまり。あんたが。いっ、嫌なら嫌って、言ってくれよな」

真っ赤になって言い終えると同時に、夏彦が覆いかぶさってきた。

どさっ、とあお向けに横たわった霧也に、そっと唇が重ねられる。

その動きは性急だったが、霧也を求める舌も手も、どこまでも優しい。

「ん、ん……っ」

くちづけを甘い、と霧也が感じたのは、このときが初めてだった。

舌を絡め、互いにそっと吸い合う。その行為だけで頭の奥がじんとして、とろけてしまいそうだった。

「は、ああ……っ」

唇が離れては、また重なるその間に、熱い吐息が漏れる。

「んう、ん、う」

唾液が唇の端から零れ、顎を濡らした。恥ずかしいと思うのだが、そう思うほどに、余計に夏彦のことが欲しくなっていく。

「はあっ、ん」

夏彦が一度身体を離し、二人の間にあったブランケットをはぎ取った。

次いで自分の上着を脱ぎ捨て、シャツのボタンを開く。

霧也も初めて自分から、衣類をすべて脱ぎ捨てる。

互いを隔てる布が、邪魔に感じて仕方がない。早く素肌を感じたくて、たまらなかった。

——これが、そうなのかな。愛してる、ってことなのかな。

絡みつく肢体の、なにもかもが愛しい。どちらのものも熱を持ち、石のように固くなっているのが、身体を押しつけられる感触でわかる。

首筋も、脇腹も、触られるとそれだけで、ジンと皮膚が甘く痺れた。

「んっ、く……っ」

胸の突起を甘噛みされて、霧也の背がのけぞる。

――男なのに、どうすんだよ。俺のそこ、感じるようになっちまってる。

そう気が付くとますます身体が、過敏に反応してしまった。

「や……あっ、んん」

「こんなにして。霧也くん、可愛い」

胸に舌を這わせたまま、夏彦が自身に触れてくる。

その指の動きから、すっかりそこがぬるぬるになっていることが、霧也にもわかった。

「かっ、わい、って……言うなっ」

あえぐ霧也だったが、つっ、と下から上へと自身を擦り上げられると、ひっ、と喉が鳴った。

「だって私の指で、こんなになってくれているんだ。可愛く思っても仕方ないだろう？ほら……こんなにとろとろに溢《あふ》れさせて。ゼリーが必要ないくらいだ」

嬉しそうに夏彦が言うのが、恥ずかしくてたまらない。

「見るな……って、やっ、ああ、ん」

「そんなに恥ずかしい？」

羞恥に顔を背けると、夏彦はゆっくりと起き上がり、霧也の身体をうつぶせにした。

「それなら、こちらのほうがいいかな」

「えっ……?」

ぐい、と背後から腰を抱え上げられて、霧也は慌てた。

これだと恥ずかしい部分が、夏彦の目の前に晒されてしまう。

「やっ、い、や」

けれど夏彦はもう、止まらなかった。ぬるついた指先が、滑り込んでくる。

「ひ……、あ、ああ!」

ぬうっ、と狭い体内を押し広げるようにして、夏彦の長い中指が挿入されたのがわかった。

「あっ、あっ、駄目え……っ」

そうしながらもう片方の手が、前に絡みついてくる。

前と後ろを同時に刺激され、発情した獣のように腰だけを高く上げた格好で、霧也は涙を流してあえぎ続けた。

しかしそれは、辛いゆえの涙ではない。快感に耐え切れずに、泣いてしまっていたのだ。

「こんなっ、俺っ、俺、おかしくなっちゃ……っ、ああっ」

シーツにしがみついて嗚咽《おえつ》を漏らす霧也を、愛おしそうになおも夏彦は愛撫する。

「つあ、そこ、やあ、ああん!」

丹念に優しく、けれど的確に、夏彦の指の腹は霧也の肉壁をえぐった。

特に感じる部分を探り当てると、そこを重点的に攻めてくる。

「っあ、ひい……っ、ん、も、いや……あっ、ああ！」

しかも、同時にそそり立った霧也自身をも、刺激してくるのだからたまらない。

そして、今にも弾けてしまうと思ったその直前。

ずる、と指が抜き取られる刺激で達してしまいそうになり、霧也は唇を噛んで必死でこらえたのだが。

「――っ！　っあああ！」

次いで夏彦自身が、体内に入ってくる。

ぎちぎちに狭い部分を押し広げ、自身で霧也の内部を擦りながら、夏彦の指が霧也の根本を、きゅっと締めつけた。

そうしながら、一気に根本まで固く太いものに身体を貫かれ、声も出ないほどの快感に、霧也は頭の中が真っ白になる。

腰が大きく跳ね、無意識に霧也は体内の夏彦を締めつけてしまう。

びくびくっ、と身体は痙攣《けいれん》したが、夏彦の指は、快感の放出を阻んだままだ。

「ドライで、いってしまったね。気持ちよかった？」

嬉しそうに、背後から夏彦が言う。

ドライってなんだろう、と霧也はのぼせたように熱い頭で、ぼんやりと考える。が、それどころではなかった。

「っ、待っ……あっ、は、あっ！」

軽く霧也の根本をせき止めたまま、夏彦は腰を動かし始める。

霧也のものはまだ、反り返ってしまうほどに、固さと熱を持ったままだ。

達せないもどかしさと、前後からの刺激で、霧也は何度も意識が遠のいていた。

「……あっ、あ……んうっ、は、ああっ」

気を失いかけると、強い快感で意識を取り戻す。そしてまた、与え続けられる快楽に朦朧とし、さらに激しい刺激で現実に呼び戻されることの繰り返しだ。

「もっ……駄目っ、え……あっ、許し……て」

絶え間なく襲ってくる快楽の波に溺れ、霧也はわけがわからなくなってくる。

「すごく、いい。私もそろそろ、限界だ。……きみの中、とろけてしまいそうだよ」

囁いて、夏彦は前に絡めていた指の縛《いまし》めを解く。

「っああ！　っあ！　やっ、ああ！」

夏彦が奥を突くたびに、霧也のものが弾け、シーツに滴る。

達しながらも内部をえぐられ、深々と最奥《さいおう》まで貫かれた。

「ひ、いっ！　あ、あう」

霧也の下腹部から頭の先にかけて、甘い電流のような快感が、何度も走った。

「絶対に、離さない。逃がさない……っ」

呻《うめ》くような夏彦の声が、かすかに聞こえた、と思った次の瞬間。

体内に熱いものがどっと放たれるのを、遠ざかっていく意識の中で、霧也は感じていた。


「こっ、この格好、無理！　ちょっと恥ずかしいって」

ことが終わると、夏彦は霧也を横抱きにし、そのまま大きなバスタブに浸かった。

だんだんと意識がはっきりしてきた霧也は、自分が赤ん坊のように膝の上に抱っこされていることに気が付き、恥ずかしくなってしまった。

「そうか？　じゃあ、こっちを向いて」

夏彦にうながされ、ふたりは正面で向き合って座る体勢になる。

至近距離にある夏彦の顔がさらに近づいてきて、ちゅ、と軽く唇に触れた。

「身体、もう辛くない？」

「うーん。だるいけど、それは多分、薬のせいじゃないな」

「私のせいって言いたいのかな？」

「まあ、そう。でも悪いとは、言ってない」

鼻先を触れ合わせるようにして、ふたりはくすくす笑った。

それにしても、と夏彦は、改めて安心したような溜め息をつく。

「見つかってよかったよ。灰崎くんに話を聞いたけれど、行きそうな場所の見当が、本当につかなくてね」

「でも、見つけてくれたじゃねえか」

「きみが以前あそこで、時間が止まればいい、と言ってたのを思い出したんだ。もしきみの言葉が真実なら、あのベンチは特別な場所に違いない、と思って」

「……うん。飛び乗った電車の路線から、どうにか切符代が足りそうで、行きたい、行ける、と思った場所があそこだった」

「そうか。私とデートした場所を、そんなふうに思ってくれていたことも嬉しいよ」

ちゃぷん、と音をさせて、ふたりは身体を寄せる。

と、そのときカリカリと、バスルームの扉を引っかく音がした。

すりガラスの扉の向こうに、長々と伸びて立ち上がっている、ボテの姿が見える。

「仲間外れにするな、って言ってる」

霧也が笑うと、夏彦も小さく笑った。

「本当だ。そろそろ出よう。きみものぼせてしまうだろうし」

ゆっくり身体を離した夏彦に、霧也は甘えた声で言う。

「あのさ。……今夜、また、川の字で寝たい」

「もちろんいいよ。素敵なおねだりだ」

言って夏彦は、大きな手で霧也の濡れた髪を、優しく撫でてくれる。

そしてもう一度、甘く深いくちづけを交わしてから、ふたりと一匹で眠るべく、バスルームをあとにしたのだった。

あとがき

こんにちは、朝香りくです。はじめての方は、はじめましてです。

今作は久しぶりに、大好きなやんちゃ受けを書きました。

以前にシャレードさんで、猫耳の若頭を書いたことがあったのですが、今回はやんちゃはやんちゃ、猫は猫です。（笑）

私自身、猫はもちろん大好きなのですが、今現在は猫を飼えない環境におりまして。そのため動画サイトなどで、可愛い猫さんたちの動画を視聴して我慢しています。特に拾われた猫が、すくすくと成長していくのとか大好きです。癒されます。

さて今作は「このヤクザ、極甘につき」のときにも、大変素敵なイラストを描いて下さった高城たくみ先生に、再びお世話になりました！

受けくんも攻めさんも、ものすごく魅力的に描いていただいたのですが、ブサ猫のボテさんを、本当に愛らしく、もうまさに私の想像どおりのブサ可愛い猫を二次元化していただけて、感激しております！
高城先生、本当にありがとうございました！

昨今の世の中、なにがあるかわからない状況で、レーベルさんがなくなってしまってびっくり、なんてこともあったりしましたが。

今年もまた、シャレードさんで御本を出していただけて嬉しいです。
今作の出版にあたり、関わってくださったすべてのみなさま。
そして、読んで下さった読者のみなさまに、心から感謝しています。
お手紙など下さる方も、本当にありがとうございます！
それではまた、新しい作品でお会いできるよう願っています。

二〇二一年九月　　朝香りく

本作品は書き下ろしです

朝香りく先生、高城たくみ先生へのお便り、
本作品に関するご意見、ご感想などは
〒101-8405
東京都千代田区神田三崎町2-18-11
二見書房　シャレード文庫
「不器用社長の一途すぎる保護生活～こちら、猫ではありません～」係まで。

CHARADE BUNKO
不器用《ぶきよう》社長《しゃちょう》の一途《いちず》すぎる保護生活《ほごせいかつ》～こちら、猫《ねこ》ではありません～

2021年10月20日　初版発行

【著者】朝香《あさか》りく

【発行所】株式会社二見書房
東京都千代田区神田三崎町2-18-11
電話　03(3515)2311[営業]
　　　03(3515)2314[編集]
振替　00170-4-2639
【印刷】株式会社 堀内印刷所
【製本】株式会社 村上製本所

落丁・乱丁本はお取り替えいたします。
定価は、カバーに表示してあります。

ISBN978-4-576-21149-7

https://charade.futami.co.jp/

CHARADE BUNKO

今すぐ読みたいラブがある!

朝香りくの本

意地を張るな。俺の前では素直に甘えろ。

運命のもふもふ
～白虎王は花嫁を幸せにしたい～

イラスト＝秋吉しま

仕事に疲れた静奈が目覚めたのは虎の耳と尾を持つ民族が暮らす異世界だった!? 国王であるラドの窮地を救った英雄として扱われ、さらには強引にラドに抱かれそのまま伴侶にされてしまった! 元の世界に帰らなければいけない責任感と、ラドと一緒にいたい気持ちの板挟みになって悩む静奈だったが……。

CHARADE BUNKO

今すぐ読みたいラブがある！

朝香りくの本

「天使って……俺のことか?」「他に誰がいる!」

このヤクザ、極甘につき

イラスト＝高城たくみ

客に付きまとわれていたホストの千影は、適当に見繕ったイイ男を「彼氏だ」と言って一芝居打つことに。だが、代償として久我峰と名乗るその男に予定の穴埋めを要求されてホテルに連れ込まれてしまう。さらに、未知の快感に翻弄されている最中、久我峰がかつての幼なじみで、しかもヤクザの組長だと発覚して!?